U1009884

百年旧址武汉记忆

——原创诗歌朗诵作品集

湖北省朗诵艺术家协会／编

主　编／谢东升

副主编／樊　昕

華中師範大學出版社

新出图证（鄂）字 10 号

图书在版编目（CIP）数据

百年旧址　武汉记忆：原创诗歌朗诵作品集/谢东升主编；樊昕副主编．—武汉：华中师范大学出版社，2024.5

ISBN 978-7-5769-0539-7

Ⅰ．①百…　Ⅱ．①谢…　②樊…　Ⅲ．①诗集—中国—当代　Ⅳ．①I227

中国国家版本馆 CIP 数据核字（2024）第 087198 号

百年旧址　武汉记忆

BAINIAN JIUZHI WUHAN JIYI

——原创诗歌朗诵作品集

©谢东升　主编　樊　昕　副主编

责任编辑：张怀东　**责任校对**：童　雯　**封面设计**：罗明波

编辑室：学术出版分社　**电话**：027-67863280/3220

出版发行：华中师范大学出版社

社址：湖北省武汉市洪山区珞喻路 152 号　**邮编**：430079

电话：027-67863426（发行部）　027-67861321（邮购）

网址：https://press.ccnu.edu.cn　**电子邮箱**：press@mail.ccnu.edu.cn

印刷：武汉邮科印务有限公司　**督印**：刘　敏

字数：196 千字

开本：710mm×1000mm　1/16　**印张**：13.25

版次：2025 年 2 月第 1 版　**印次**：2025 年 2 月第 1 次印刷

定价：48.00 元

欢迎上网查询、购书

敬告读者：欢迎举报盗版，请打举报电话 027-67867353

《百年旧址　武汉记忆
——原创诗歌朗诵作品集》

编 委 会

主　　编： 谢东升

副 主 编： 樊　昕

编　　委： 杨　建　鄢　萍　何广林　路　羽　李宏伟
周锦堂　曾建斌

党史顾问： 郑水平　陈芳国

前 言

2021 年是中国共产党建党 100 周年。党的 100 年奋斗史，也关涉武汉 100 年的发展史，如何讲述好这 100 年的红色历史？如何把党在武汉的故事传播出去？

湖北省朗诵艺术家协会以与中国共产党奋斗发展史相关的武汉百年旧址为载体，开展了主题为“百年旧址　红色记忆”的庆祝中国共产党成立 100 周年系列活动。协会组织邀请著名作家、诗人、党史研究专家、文史研究专家、播音朗诵艺术家等组成创作团队，对所选旧址进行文学及朗诵艺术创作，展示武汉百年旧址与党史、与城市文化的关系，讲述中国共产党百年来在武汉恢宏壮阔的奋斗史，让民众了解 100 年间在这些老建筑里发生的故事，感受这些故事崇高的精神内核，进一步认识到中国共产党的伟大，增强道路自信、理论自信、制度自信、文化自信。

本书汇集由多位作者集中创作的关于武汉市内与建党 100 周年相关的十余座红色建筑的文学艺术作品，为广大读者提供了一部不可多得的特色鲜明的红色文化读本。

本书针对性强，地域特点鲜明，易懂、易记，具有较广泛的传播性和较高的收藏价值。

每一处老建筑　都是一座纪念碑

——《百年旧址　武汉记忆——原创诗歌朗诵作品集》序

高晓晖

今年1月，湖北省朗诵艺术家协会（以下简称“湖北朗协”）发出一份约稿函，以“百年建筑，红色记忆”为题，征集原创诗稿。湖北朗协要为贯彻落实习近平总书记关于开展党史学习教育的重要指示精神而举行诗歌创作朗诵系列活动，旨在以武汉百年建筑（租界、里分、旧民宅）为主线，选择中共百年历史中在这些建筑里的故事为创作背景，以原创诗歌及朗诵的形式向建党百年献礼，警示后人不忘历史，牢记使命，继承精神，砥砺前行。湖北朗协承诺要对原创诗稿择优进行舞台朗诵、平台推送，还要选编为诗歌集出版发行。

这真是一个金点子！湖北朗协意在引导诗人向武汉百年建筑和中共百年党史聚焦，讲好那些老建筑背后的百年党史故事。每一处百年老建筑都是一座纪念碑，每一座纪念碑都能激发诗人无限情思！

果然，各地诗人纷纷响应，应者云集，一份份优秀的诗作向湖北朗协汇集，终于，一场盛大的文艺演出亮相了。7月11日，“百年旧址　红色记忆——庆祝建党100周年原创诗歌朗诵音乐会”在武汉市群众艺术馆与数百观众见面，赢得了一阵又一阵热烈的掌声。主流媒体、新媒体平台竞相推送、点赞，“学习强国”更是将近两个小时的演出视频整体搬上了平台，推送给全国的观众。

这本诗集（含散文1篇）就是在征稿、朗诵的基础上完成的。打开书页，我们便能欣赏到美妙的诗句。要是对这部诗集所选的近60首作品的特点作一个归纳，我以为可以归纳为如下四句话：

以物证史，睹物思人，物我贯通，情深意长。

以物证史说的是百年建筑做了百年党史的见证者，建筑物所标示的空间中蕴含着丰富的时间信息。每一幢百年建筑就像一位睿智的长者，它能洞悉时间长河里跃动的每一朵浪花。诗人也正是在把目光投向百年老建筑的同时，发现、解读或者追寻百年老建筑与百年党史的生动关联。比如谢东升的《江汉关的钟声》，把江汉关这样一座老建筑的历史与一个民族的命运紧密关联起来加以解读：

江汉关
一个栉风沐雨的名关
江汉关
一个承载厚重的地标
江汉关
一位见证历史的老者
江汉关
一座民族复兴的丰碑

有了此番解读，江汉关作为武汉的地标，它的历史价值和意义就越发显得厚重丰赡起来。

睹物思人说的是百年建筑与革命先烈、革命前辈的生命关联。诗人凝目百年建筑，按捺不住的是对革命先烈、革命前辈的思念、缅怀和崇敬。董宏量的《血染的站台——致林祥谦》，诗句饱含激情，生动再现了林祥谦烈士就义的英勇：

三十而立的你
就这样站着死去
鲜血染红了灯柱
染红了脚下的积雪
也染红了历史的舞台

“头可断，血可流，工不可复！”林祥谦烈士的刚毅与壮烈，感动着一代又一代后来者。诗人坚信，“来来往往的列车/都会永远铭记”，铭记烈士的精神，铭记烈士的英魂！

刘爱平《瞻仰红色战士公墓记》记录的是诗人瞻仰红色战士公墓的情思。作为先烈的祭奠者，他“每一次的瞻仰，都仿佛是接受了一次灵魂的拷问和心灵的洗涤”。他凭吊每一位无名烈士，也凭吊留下姓名的陈春和烈士、向警予烈士。他向每一位英烈表达敬意，他深信，“一个有着坚定信仰并为之抛头颅、洒热血的人必定是永恒的，因为他们永远不会被人忘却”。他深信萧伯纳的名言：“人生不是一支短短的蜡烛，而是一支由我们拿着的火炬。我们一定要把它燃烧得十分光明灿烂，然后交给我们的下一代。”

物我贯通说的是诗人与百年老建筑之间建立起了一条对话通道，诗人相信，每一座百年老建筑都是一个生命体，当诗人面对某一座老建筑，油然而生的是无限的敬仰之情，更有他内心的感动、思悟和热望。牛均富在《历史不会忘记——汉口新四军军部旧址遐想》中说：

我无数次地经过这里
每一次
是的每一次
都会止不住地多看它几眼

因为诗人能呼吸到这里的历史气息，能品味到这里的历史传奇，能体会到这里的凤凰涅槃，能读懂这里饱含的价值和意义。

解智伟《向日葵向我指出太阳的方向——记董必武先生创办的私立武汉中学》，既是对武汉中学播撒革命火种的历史解读，又是对以董必武为代表的革命先辈理想信念的阐释：

这是一群阿波罗的子孙
他们到世界来
就是为了见证光
理想用燃烧为他们加冕
百年历史赐给了他们

光芒四射的桂冠

校园一株向日葵激发了诗人的灵感，向日葵正好做了革命先辈精神的象征，作为后来者，诗人承继革命先辈的精神血脉，勇于把自己活成一束光，照亮自己，温暖他人，灿烂世界！

情深意长说的是诗人一旦凝目于一座老建筑，就有一种深沉的情感被激活，被唤醒。以物证史，睹物思人，物我贯通，都是因对百年老建筑的特别关注而激活、而唤醒的形态，最终的落脚点还是在情深意长。诗人对老建筑的书写更重在抒发内心深处激荡奔涌的情怀。柯于明说："抚摸着红巷十三号的院墙，/一座红色的丰碑令我们心潮激荡！"刘晓蓓在保元里见证一块石头的裂变。他说：

我感受得到石头体内涌动的潮水
在夜与昼的缝隙中抗争
无数易过客的沙粒，在一个背街的里弄
散开、聚拢，聚拢、散开……

贺露瞻仰施洋烈士陵园，说："我只是一片风/而令我驻足的/是古树，石亭，石碑。"诗人风一样的驻足，其实不只为了景仰，更有生发于内心深处的自省和反思。

武汉百年老建筑是不可多得的文化资源。湖北朗协以诗歌的方式去打捞、去唤醒凝固于或者消隐于这些百年老建筑之中的红色记忆，去解读、去追寻弥漫于或者浸透于这些百年老建筑之中的文化意蕴，由此复活百年老建筑所蕴含的精神基因，由此发掘"奋斗百年路，启航新征程"的精神营养。此举真是功莫大焉！

我受湖北朗协谢东升会长、樊昕副会长之托，为诗集《百年旧址　武汉记忆——原创诗歌朗诵作品集》写下如许文字，虽词不达意，但足可借此聊表谢忱。

是为序。

目　录

灯塔·旗帜

曙光・丰碑

序

天地共尊华夏族　世界普爱中国人

乐育文

江汉关的钟声天天敲响，似乎是向天地发问
中华五千年历史为何如此悠久
点亮民族奋发的，是一盏怎样的明灯
过往的国民创造过怎样的文化奇迹
留下多少传家宝为国人传承
这几问问得天地仰目
这几问，正好问到武汉江城
抢答的首先是长江和汉水
它们说，它们真实地见证一个民族的生存
长江说我是“人”字中的一撇
汉水说我是“人”字中的一捺
这一撇一捺的衔接点正好依偎在武汉江城
长江说，我这一撇把西边的雪山和东边的大海
扭结一起，展示中国的疆域
汉水说，我这一捺
头顶秦岭，兴起汉风，规范汉字
向外域捧出汉人
于是，由长江汉水扭结的“人”字见证世间奇迹
由神话到传说
再用汉字记载的历史
统统展示东方民族不死的灵魂

论天道
中国道教率先认识金、木、水、火、土
展示与诱导人与自然的和谐共处
论人道
中国儒家首推仁、义、礼、智、信
展示人与社会必须遵循的核心
论生命
释家则把生、老、病、死、苦
这种人生必须体验的经历作为弃恶扬善的准星
中国有龙凤两大图腾
龙刚凤柔，体现民族刚柔并济的品性
龙风高扬，国富千秋业
凤韵深藏，家和万事兴
于是，龙凤呈祥便是中国人深藏的幸福之魂！
伟大的中华民族啊
书山学海也叙不尽
你的富有与深沉
然而，百年间民族遭受屈辱
汉水长江记恨
中国人民不知何处是归程
在荒山旷野，饿殍横尸
在破街乱巷，儿呼娘魂
“支那”和“东亚病夫”如同深重的铁冠
把中国人丑化得无处求生……
一个具有五千年光辉历史的中华民族
竟被一群群野兽撕破原型
尽管在“觉醒年代”
一批仁人志士推行新文化运动
而民族遭遇的危难和人民的苦楚

仍像走马灯似的转个不停
中华民族到了最危险的时刻
中国人的苦难卖儿弃女也无法谋求生存
关键时刻，长天乌云裂口
红日中的光曦喷涌而出
共产党来了！共产党来了！
一系列壮举发生在武汉江城
武昌农民运动讲习所
在漆黑的社会里探求农民的生存
各种革命力量在武汉聚积
提炼共产党为人民的初心
“枪杆子里出政权”
指明共产党有政权才能为人民
八一南昌起义，黄麻起义，广州起义
均在武汉这个革命的堡垒中孕生
从此以后
中国共产党领导和指挥自己的军队
从东到西南征北伐呼啸前进
打败倭寇，横扫一切害人虫
让这个蓝色的星球
重新看到东方这个伟大民族的原型
谁也没有能量
复述中国共产党艰难奋进的百年历史
但中国人谁都在谈论自己生存的感受与豪情
党啊，你把人民捧在心窝里
“人民至上”成为共产党执政纲领
是的，在战场上
在洪水张开大口时，在大疫横行时
共产党人都把自己的生命化成一种“天秤”

这种“天秤”暗中的价值告白
牺牲我一个，造福千万人
于是战场上，洪水中，大疫横行时
挺立的一定是共产党人！
在中国，民生工程领先世界
城市与乡村的面貌天天在刷新
乘高速铁路看中国，中国无处不胜景
沿着高速公路游中国
可到平原览胜，可上高山摸云
大山里悬河几百条
几百条溜索记录深山劳苦大众艰难生存
今天几百铁桥横空出世
那纤细的溜索成为乡村旅游珍贵的玩品
原有数以千百万的贫困者整体搬出大山
住进新的天地，城市化的农村
这些重大的脱贫工程，只是中国扶贫工作的缩影
直到中国共产党庄严宣布
中国贫困人口整体脱贫的历史时刻
这个蓝色星球上居住的所有的人
不得不睁着惊佩的眼睛直到仰目走神
其实，中国人回答很简单却十分坚定有力
那便是
中国共产党一切为人民的初心化为中国十四亿万众一心
为了建设美丽中国
亿万中国人早已用自己的血肉筑成不断的长城
上天入海的梦想早已成壮丽的现实
尖端的武器，也早已化为维护世界和平的誓言
任何豺狼野狗只能在它们圈中狂吠
此刻，江汉关的钟声依旧在敲响

此刻，天地再无沉默
它用春风的语言，祥云的形象回答
在中国大地上，中华文化像大树之盘根
深深地扎在中国的大地里
而盘根上生长的巨型树干
就像中国共产党笔挺坚韧的形象顶天入云
树干上如遮如盖的青枝绿叶
便是社会主义绿色的树荫
生活在这棵参天大树下的中国公民
怎能不幸福盈盈
于是，我怎能不骄傲
因为我们传承的是中华民族的文化传统
共产党的红色基因
于是我更自豪
因为我们是走在社会主义康庄大道上的中国人！

乐育文，著名诗人、电视文艺家。

觉醒·抗争

向日葵向我指出太阳的方向

——记董必武先生创办的私立武汉中学

解智伟

武汉中学
一所以英雄城市命名的公民大讲堂
一百多年过去了
流萤依窗
课本上一个个文字还在闪光

几亩地的校园
一代巨人躬身如牛
犁出了一片渴望翻身的土壤
他们播撒了火种
也种植了新的思想
一株株昂头向上的向日葵
向我指出了太阳的方向

一群光明的种子
跑出院墙，穿越了万水千山
他们曾被黑暗通缉
他们也曾在暗无天日中流亡
风声雨声读书声中
有这些夜行者的呐喊
那些冒烟的呼唤
喊出了天下穷苦人的渴望

这里的课桌上
曾举起过无数双手臂
力挽狂澜
有一种洪流从校门泻出，成河成江
这是一群阿波罗的子孙
他们到世界来
就是为了见证光
理想用燃烧为他们加冕
百年历史赐给了他们
光芒四射的桂冠

其实，书本
不是教人低头写文章
教室的几扇窗
告诉我，天空可以仰望
只要你愿意抬头
浩瀚的宇宙就在不远的地方
无论是白天，是夜晚
太阳总在天上

岁月老了，时间还年轻
一百多年过去了
这所学校还是当年的学堂
还在训练我们的孩子
活成一束光
在人生的旅途中
把自己的路照亮
活成一束光

让所有的相遇
都能分享太阳的温暖
活成一束光
传递出爱的热望
盼世界更加灿烂、辉煌

解智伟，独立艺评人。曾任《书刊导报》编辑部主任、《决策与信息》杂志执行总编。著有诗集《再泊枫桥》《隔岸的诗》等。

武汉中学歌

汪业盛

列强扰扰苍生苦，遍地硝烟华夏辱。
累累骨骸谁与埋，茫茫国运何堪卜？
求知问道陈潭秋，燃火传薪董必武。
寄语少年当自强，人民要作江山主。
沉沉遥夜起雷鸣，沸血滔滔意不平。
借彼宣言开智力，持吾主义照征程。
任凭眼底波云诡，依恃胸中河岳横。
此去长途其漫漫，如磐风雨敢先行。
独行踽踽谁相踵，鬼泣声声人未恐。
办校典押寒士袍，科学思想育梁栋。
结团舍弃自由身，楚水荆山呼义勇。
远照南湖真理舟，一心耿耿如灯炯。
百年回首情难已，漫步园中魂若洗。
养性修身朴与诚，为人处事勇还毅。
学能勤矣任能当，利不争兮艰不避。
欣看今朝风日清，纷纷正展抟天翼。

汪业盛，著名军旅诗人，中国作家协会会员、中华诗词学会会员、湖北省中华诗词学会常务理事、荆州市诗词楹联学会副会长、呼伦贝尔诗词协会副主席。第一、二、三届当代军旅诗词奖获得者，中华诗词第十一届青春诗会代表，入选 2020 年湖北省优秀中青年文艺人才库。

二　七

——写给京汉铁路总工会旧址

董宏量

时光凝固，一切都已沉寂
青砖黑瓦，木雕窗棂
散发着久远的气息
不知是谁摆起八仙桌
含笑就座这冰凉的太师椅
也不知是谁长夜漫步，透过天井
仰望那一抹金色的晨曦

谁会想到，就是这静静小院
藏着一个惊人的秘密
就在这普通民房里
刻写了一页永恒的日历
那些身影，热血男儿的身影
曾投映在这斑驳的墙壁
陈潭秋、林育南、施洋、林祥谦
每个名字，都能穿越时光
令人肃然起立

是的，这里就是火车头
就是京汉铁路总同盟指挥部
宣言在这里起草
铁流从这里出击

年轻的中国共产党人
就是从这里发出号令
拉响了震惊神州的第一声汽笛
让罢工怒潮席卷京汉
奔腾一千二百多公里！

哦，二七，二七
一声沉沉回响的惊雷
一页热血染红的日历
如果你想知道，它是怎样
穿越了一个漫长的世纪
并化成了路和丰碑
化成了横跨长江的大桥
以及人们庄严的敬礼
那么，请走进汉口江岸
这座古朴的民房
它储藏着信念、奋斗与牺牲
储藏着先烈的声音和手迹
也默默地解说着路标
解说着江城无尽的追忆

董宏量，湖北省作家协会理事。所作诗歌《一个工人和他的铜像》、散文《书桌》分获 1997 年、1995 年冶金工业部文学一等奖，诗歌《重返炉台》获 1995 年湖北省楚天文学奖二等奖。

满江红·京汉铁路总工会旧址赋

黄　强

黑瓦青砖，松柏翠，鲜红记忆。凝眸处，犹闻长啸，洞穿沉寂。二月工潮波鄂豫，三江赤子成仁义。火车头，正昂首鸣笛，惊天地。

宣言拟，铁流激；争民主，求自立。纵惊雷回响，驰骋千里。热血殷殷腾烈焰，罡风凛凛添豪气。庆百年，小院聚八方，春晖熠。

黄强，笔名常杭等，博士，研究员，著名长江诗人，中国作家协会会员、湖北省作家协会委员、长江作家协会主席。曾任武汉水运工业学校校长。长期致力于长江文化建设，著有《大江放歌》《大江神韵》《大江印象》《诗情画意说长江》等诗文集，以常杭、黄山、天方、江月等笔名公开发表诗词作品近3000篇，曾获湖北音乐最高奖金编钟奖、湖北省行业歌曲创作一等奖。所作《长江组诗》《长江组歌》《长江十赋》《长江，我的母亲河》《诗情画意说长江》以及长篇小说《又见红叶》（与羊角岩合作）等影响较大；主编出版“中华长江文化大系”丛书以及《长江诗词三百首》《当代长江航运发展史》《长江航运文化》《长江儿女》《跨世纪的长江航运》等长江文化图书多部。

血染的站台
——致林祥谦

董宏量

那夜天降大雪，寒风凛冽
你被绑在站台的灯柱上
绑在飞舞的雪花中
坦然面对着屠刀
面对着凶恶的仇敌

这是你的站台
洒过无数热汗的站台
你在这里劳碌奔波
就像一只任人践踏的蚂蚁
直到你找到那面
画着镰刀锤头的红旗
你就不再是一个
只知当牛做马的苦力

这是你的站台
你呼唤“劳工神圣”的站台
召集穷苦兄弟的站台
多少人追随着你的身影
拉响了大罢工的第一声汽笛
让怒潮席卷京汉
奔腾一千二百多公里！

多少回忆，多少感慨
此刻，只要你低头屈膝
就可逃过这绳绑刀逼
可你挺胸昂首，毅然回答——
“头可断，血可流，工不可复！”
一声声，惊天动地
哪怕屠刀挥砍，血溅工衣

三十而立的你
就这样站着死去
鲜血染红了灯柱
染红了脚下的积雪
也染红了历史的舞台
从此，来来往往的列车
都会永远铭记——
你的光，你的汽笛
为了车轮自由地奔驰
你是怎样在黎明前的黑暗中
圆睁怒眼，壮烈就义！

劳工万岁

——致施洋

董宏量

我们来了，施洋先生
来听你振聋发聩的演讲
不要说时光如水
淘洗了一个世纪的沧桑
只要走向你呀
走向你鲜花簇拥的雕像
就会听见你的声音
是多么激昂，多么响亮

是的，这是你的讲台
也是你壮烈就义的刑场
当罪恶的枪口
瞄准中国首位劳工律师
瞄准良心、呼唤和信仰
你横眉冷对，大义凛然——
“你们杀了一个施洋，
还有千百个施洋！”

我们来了，施洋先生
来看你长衫依旧，笑容依旧
仍是当年阔谈雄辩的模样
来告慰你冬去春来

芳草如茵，欢歌如浪
我们会永远记得
你最后的呐喊——
“劳工万岁！”
是怎样在神州不息地回荡
激励着铁锤钢钎和信号灯
所汇聚的新兴力量
改天换地，把历史开创！

献给二七纪念馆

董宏量

这是属于铁路
属于延伸的钢轨
属于火车头
隆隆呼啸的日子

这是一个大雪纷飞
寒凝江城，天地皆白
却被热血与热泪
浇得滚烫滚烫的日子

林祥谦留下的怀表
指针凝固在这个日子
施洋抚摸过的会旗
轻轻地覆盖着这个日子
还有那些沉重的铁锤
都没有一点锈迹
仿佛仍在敲击着这个
春寒料峭的日子

二七，二七
一声沉沉回响的惊雷
一页热血染红的日历
如果你想知道

它是怎样化成了路
化成了丰碑
化成了长江大桥
化成了江城永恒的地标
以及人们庄严的敬礼
请走进这座纪念馆
它储藏着信念、奋斗与牺牲
也解说着无尽的追忆

历史不会忘记

王文建

当历史的烽烟漫卷着，跨过黄河，越过长江
当那席卷大地的浪潮，从千里京汉铁路奔涌而来
我要用执念，在那历史的尘埃中找寻着他们的身影
用枯竭的血泪呼唤，历史不会忘记

当历史的车轮滚滚向前，碾碎着军阀统治的重重黑暗
当那呼啸的汽笛划破苍穹，驱散那裹着血雨腥风的乌云
我要用执念，在那风云跌宕的斗争中追寻着他们的足迹
用烈士的灵魂呐喊，历史不会忘记

当江岸机厂的黄正兴师傅，用他那粗壮的大手拉响汽笛
吹响了京汉铁路工人大罢工的号角
历史不会忘记，1923 年 2 月 4 日这一天
当这场史无前例，声势浩大的罢工浪潮，汹涌着
从长辛店，郑州，到汉口的江岸
在一千多公里的京汉铁路上
风雷激荡的时候
工厂停工，锅炉熄灭，火车停驶
全线三万多名铁路工人
以摧枯拉朽之势，席卷着军阀统治的反动腐朽

当罢工斗争风起云涌的时候
在江岸二七路操场街

有一座青砖黑瓦的院落建筑
这里是京汉铁路总工会的会址
在那几间简朴的厅房内，彻夜灯火通明，异常地紧张和忙碌
共产党员林祥谦和总工会的负责人
在运筹，指挥着这场声势浩大的罢工运动

当罢工瘫痪了铁路，沉重地打击和动摇了反动军阀统治的时候
军阀吴佩孚，下令军警包围工会会所
军警丧心病狂地，向手无寸铁的罢工工人开枪扫射
前后牺牲者 52 人，受伤者 300 余人，被捕入狱者 40 余人
江岸分会委员长林祥谦及罢工主要领导人遭军警逮捕
制造了震惊中外的二七大惨案
历史不会忘记
1923 年 2 月 7 日这一天

也是在这一天
当，一个令敌人胆寒的声音，在江岸车站的站台上响起：
“上工要总工会下命令，我头可断，血可流，工不可复!”
凶残的刽子手高举起屠刀，一刀一刀地砍下
林祥谦烈士的血，像红霞染透了那片刚刚被唤醒的土地

历史不会忘记
当林祥谦烈士的尸骨未寒
在 2 月 15 日这一天
施洋大律师被反动军警以“迭次公然演说，煽惑罢工”的
莫须有罪名，枪杀在武昌

历史告诉我们
哪里有黑暗的统治，有压迫，有剥削，哪里就有反抗和斗争

当京汉铁路工人运动还处在萌芽的时候
中国共产党就派遣陈潭秋、林育南
在铁路工人中传播马列主义，组织和领导工人运动
革命的火种早已在京汉铁路工人中薪火相传，呈燎原之势
京汉铁路工人大罢工
是在中国共产党领导下，一次工人运动的伟大的革命实践
为我党领导工人运动积累了宝贵的经验
为反动军阀和腐朽的政府敲响了丧钟

当二七革命斗争的烽烟渐渐远去
当我们铭记着烈士名字的时候
你们的觉悟已被历史的记忆唤醒
你们的足迹已成为新时代的脚步

当我们用烈士的热血写下铿锵的誓言
当我们用烈士的忠诚点燃信仰的灯塔
我们要用赤诚，洗净肝胆，让灵魂长出永恒的记忆
我们要用自己的双手，去搏击风云，托起那明天的太阳

我们坚信
让历史告诉未来
历史不会重演
历史不会忘记！

王文建，湖北省武汉市人，曾为武汉铁路局机关干部，现已退休。《美洲文学社》入驻作家，在中国头条、风华文学、凤凰诗社、中国诗歌圈、《中国诗词大会》粉丝圈等媒体发布各类诗词两百余篇。

京汉铁路总工会纪念馆遐思

老　佐

风雨飘摇的清季
丑恶的国际资本
演化为一只噬血魔爪
从帝国京师
一直延伸到江城
也把沿线的铁路工人
拧成了一股绳
汉口解放大道 2185 号
这座普通的
青灰小院
便成了九省通衢
一道亮丽风景线
中国共产党领导的
京汉铁路总工会
从这里发出号令
近三万铁路工人
瞬间把整条铁路
变成一只僵死长虫
争权利
要活命
反压迫
大罢工
初登历史舞台的

工人阶级
展现了伟大力量
让帝国主义
封建军阀
浑身发抖
劳苦大众
扬眉吐气
铁骨铮铮

一九二三年二月七日
一个永远难忘的日子
反动军阀举起屠刀
砍向手无寸铁的
罢工工人
1200多公里的
京汉铁路
被鲜血染红
江岸铁路工会林祥谦
被捆绑在车站灯柱
视死如归的
工人运动先驱
面对屠刀义愤填膺
头可断
血可流
决不复工
对敌人的仇恨
对自由的追求
在热血中升腾
施洋大律师

积极为工会奔走呼喊
一心替穷人打抱不平
儒雅饱学之士
成了军阀眼中钉
临刑前
大义凛然面对刽子手
杀了一个施洋
还有千百个施洋
赤胆忠心
气贯长虹
还有 300 多位
工友受伤被捕
52 位英勇牺牲
革命先烈的鲜血
唤醒了亿万
劳苦大众
团结起来
英勇反抗
推翻压迫阶级
摆脱奴役剥削
过上幸福的人生

二七大罢工
是中国共产党成立后
第一次工人运动
高潮的顶峰
是江城武汉
无上的光荣
长江北岸

这座240平方的
青灰小院
装满了百年记忆
艰难困苦
玉汝于成
镌刻着前辈嘱咐
肺腑之言
醍醐灌顶
它时刻提醒我们
牢记历史
不辱使命
发愤图强
勇敢前行
继承先烈遗志
忠于党的事业
努力实现中华
复兴之梦
把伟大祖国
建设得更加强大
让所有国人
永享福寿康宁

老佐，实名王小平，亦名唐矢，微信名王小上山砍柴，20 世纪 60 年代出生于河南唐河，改革开放之初移居湖北襄阳。曾为第十四届襄阳市政协委员、襄阳市政府参事。

京汉铁路总工会旧址

方 苑

砖木结构的普通旧式平房
坐西朝东坐落在汉口解放大道
与车来车往的街道融为一体
与周围的高楼大厦毫无违和
不算起眼也不事张扬
正好是工人埋头奋进的基调
掀起了铁路工人大罢工序幕
1923 年 2 月的罢工命令
海啸般从这儿下达
锅炉工人有力的双手
奋力拉响震惊中外罢工的汽笛
三小时内全线客车军车货车停驶
罢工宣言、敬告本路司员
敬告旅客等重要文件
都是从这排房子里出发
向全国人民宣传京汉铁路工人
罢工的起因和真相

在二七惨案发生前
工人代表聚集在这里共商大计
明知走出这间屋子就是凶多吉少
却依旧义无反顾地悲壮出征
仅仅几个小时后

鲜红的热血就染红了军阀的枪口和刀尖
他们用短暂的生命
换来工人阶级一生的觉醒

承载着工人凝聚起的无穷力量
无论走得多远都不会忘记
这排百年建筑像根一样
驻扎在赤子未改的初心
百年奋斗的号角在耳边回荡
新一代年轻人正在成为栋梁
中国的航天航空、核能、电子、高铁
浓墨重彩地把三千里长风铺成锦绣
让三万里河山一起见证
群英荟萃的工人力量
使中国具有世界最完整的工业体系
从一根针到航空母舰的制造
从设计到成品
都能够自主完成
隔江的光谷生物科技城
犹如凤凰涅槃，摇醒青春梦幻
为中国工业经济的腾飞
插上了科技坚不可摧的金色翅膀

方苑，原名方胜香。东西湖区作家协会会员、武汉市作家协会签约作家、湖北省作家协会会员。获中国首届长篇小说大赛优秀奖、第三届中国长篇小说一等奖等全国征文奖项共计 20 余次。电影剧本《扶贫第一书记》在“平安中国”第三届“三微”大赛中获湖北赛区一等奖、中国赛区剧本类一等奖，受到中央政法委全国通报表扬。

瞻仰施洋烈士陵园

贺　露

一

脊梁一挺直，就能从黑土地里刺向天空
“英雄”是一个坚硬的名词
适合铭刻在挺直的脊梁上

那么硬，那么清白的骨头啊
让你不由自主地仰望
又不由自主地
弯腰，低头，静默三分钟

二

登上洪山南麓，我只是一片风
而令我驻足的
是古树，石亭，石碑

吹不散的十月桂香，已经掩盖了腥风血雨
相对于坚守
我的步履太过匆匆

摆在碑前的菊花们
一直吟唱着白色的，黄色的颂歌
她们
是想唤醒人们内心沉睡的部分吗？

凭吊施洋烈士墓感怀

张远益

英风不稍歇，一涌百年倏。
茫茫初乘凌，国涂昨已哭。
四野暗如漆，腥气纷漉漉。
虎狼匿其形，一嗽天一觫。
兽瞳绿若磷，满市争攫肉。
喑处起金声，冥莫肢骸角。
或者长杀横，或者血躯仆。
或攒劳工拳，或裂律师目。
戟丛一掷颃，红雨任盈掬。
魂兮归来兮，祈为瓣香祝。
松柏翠映阶，碑碣当空矗。
所盼晨之曦，朝朝投花屋。
天地之气呵，溥畅沐我族。

张远益，1953年生。湖北省中华诗词学会常务理事、《湖北诗词》常务副主编。有诗词获全国性竞赛一、二、三等奖，辞赋、楹联二、三等奖，若干作品被刻在景点或被书写并悬挂在景点。

京汉铁路工人大罢工

于建军

铁路沿京汉，维权集会争。
招狼滔逆浪，笛吼罢工惊。
军阀腥风雨，血花愈奋盈。
英魂燃烈火，潮势燎原横。

于建军，江汉关博物馆副研究馆员，湖北省中华诗词学会会员。曾出版诗集《诗海放舟》，被武汉市社会主义学院图书室收藏。

赋得京汉铁路总工会百年旧址

刘能英

一

百年依旧坐朝东，门巷分春日色融。
满屋书香浸几案，周遭花气袭帘栊。
鸽追天际穿云鹤，莺戏庭前捉蝶童。
八极祥和淹会址，不知何处祭英雄。

二

幽居默默隐江湖，惯看花荣草又枯。
人道平房即旧址，我循圣迹吊先驱。
罢工潮退何由见，革命者还犹在呼。
国有难时缨自请，英魂不惜再捐躯。

三

绿杨庭院柳烟深，人物当时点滴寻。
往事虽遥仍动魄，怒潮欲息岂由心。
根穷何止霜盘剥，屋破哪堪风入侵。
汽笛一声谁拉响，竿竿揭起帜森森。

刘能英，中国作家协会会员，中国自然资源作家协会驻会签约作家，中国地质大学（北京）特聘驻校作家，鲁迅文学院第二十二届高研班学员，《大地文学》编辑部主任。曾获《诗刊》2014 年度青年诗人奖、第六届中华宝石文学奖。著有诗词集《长安行》《大都行》《行行重行行》，作品入选华中师范大学出版社《21 世纪新锐吟家诗词编年（第三辑）》、中国青年出版社“中国好诗”第一季。

与农民有关

——题农民运动讲习所

欧　震

这座讲习所
和那个时代的农民有关
这里不讲犁铧、不话桑麻
因为再好的犁铧
也改变不了中国农民的命运
再好的桑麻，也不能改变
中国的农民依然贫困穷苦、食不果腹
依然被遍身罗绮者剥削、压榨
他们就像羸弱的牛
背上是沉重的大山
脚下是贫瘠的土地
无论他们怎样含辛茹苦地耕耘
还是被鞭打、被宰杀

这座讲习所
要和那个时代的农民有关
就必须讲枪杆子、讲革命
讲打倒土豪和劣绅
讲铁锤和镰刀拥抱在一起的工农武装
讲《共产党宣言》
讲在并不遥远的将来创建一个新中国
讲人民当家做主人

讲江山如何从地狱变成天堂

这座讲习所
是 1927 年 3 月由毛泽东主持的
这座讲习所和那个时代的农民息息相关
这座讲习所只讲播种
在那个风起云涌的时代
它在一块块心田里
播下了革命的火种
然后，这些学员像风一样地
从武昌走向四面八方
走向中国广袤的土地
这些火种在生根、在发芽
它们星火燎原
照亮了漫长的黑夜
它们红旗飘飘
灿烂成东方的朝霞
迎接着一个崭新的黎明

欧震，诗人、艺术活动撰稿人。诗歌代表作有《青春中国》《不朽》《月光下的中国》等。

水调歌头·中央农民运动讲习所旧址赋

黄 强

红巷风云聚，青史大江歌。万里奔腾归海，往事忆如梭。热血青年八百，特色学堂一座，操练壮兵戈。星火播山野，舵手启先河。

书声朗，旌旗动，步轻挪。规约醒目，麻城平叛涌清波。探索农村路径，夺取全国胜利，回首韵犹多。旭日东方耀，楚汉纪巍峨。

播撒火种的人
——写在武昌中央农民运动讲习所

柯于明

“烟雨莽苍苍，龟蛇锁大江。”
黄鹤楼上，他把苍茫大地深情凝望；
“把酒酹滔滔，心潮逐浪高。”
黄鹤楼下，他为中国革命苦苦思量。

毛泽东，以敏锐而深刻的目光，
看准了革命必须依靠农民的力量；
毛泽东，以思想者的远见卓识，
为培养农民运动的人才日夜奔忙。

披两肩风雨，他从上海来到武昌，
红巷十三号，办起这所红色学堂——
中央农民运动讲习所横空出世，
一颗启明星，把沉沉的黑夜照亮。

青砖灰瓦的大院子顿时生机绽放，
八百多名学员来自全国四面八方；
一批优秀共产党人在这里播撒火种，
“实行农村大革命”的口号在这里回荡。

毛泽东，既为农讲所的运转挑起大梁，
还亲自担任多门课程的主讲——

他把农民问题剖析得透彻如水，
他用农村教育打开一扇扇心窗。

学以致用，这里注重实际能力的培养，
文武兼修，这里有军训更有思想武装。
马列主义的红色激流在这里悄悄流淌，
推翻封建势力的决心在这里日益增强。

三个多月的淬砺，生铁炼出了好钢，
一百来天的浇灌，树木长成了栋梁，
毕业典礼上，毛泽东给学员们壮行，
八百将士雄姿英发走向实战的疆场。

他们是农讲所培育的八百颗火种，
撒向广大农村，点燃了遍地火光。
他们成了领导各地农运的骨干，
为全国农运蓬勃发展奉献赤胆忠肠。

今天，抚摸着红巷十三号的院墙，
一座红色的丰碑令我们心潮激荡！
当年的一切景象，历历浮现眼前，
当年的轰轰烈烈，还在耳畔回响。

听！办公室里，常委们正在讨论教学大纲，
大教室里，学员们的发言一个个声音洪亮，
操场上，军训的脚步踏碎了江城的冷月，
草坪上，毛泽东的演讲牵来了满天霞光。

走进农讲所，我们读懂了许多许多，

读懂了中国土地革命最精彩的序章。
当年的火种，早已烧毁罪恶的旧世界，
当年的火炬，化作共和国的旗帜飘扬。

啊！播撒火种的人，是火神的化身，
播撒火种的人，是民族的脊梁。
看！火种不灭，点燃了强国的希望，
薪火相传，耀亮了新时代的辉煌！

柯于明，湖北阳新人，1989年毕业于武汉大学中文系。先后在阳新教育局、阳新文化局、咸宁日报社、南鄂晚报社、新华社驻咸宁站、咸宁市文联工作，历任记者、编辑、总编辑、站长等职，兼任湖北省文联委员、湖北省作协理事、咸宁市作协主席等职。

火　　种

——武昌农讲所之歌

黄金辉

映山红花开，武昌红巷里。
百年农讲所，青松红柱子。
红柱双双如火炬，火种点亮人心底。
发热还发光，火种谁燃起？
在欧并非神话中人普罗米修斯，乃是卡尔·马克思；
在华亦非火神祝融、炎帝神农氏，而是共产党人毛润之！
欲要日月换新天，须有牺牲多壮志；
何惧黑手高悬霸主鞭，敢举红旗卷起农奴戟！
农家出身毛泽东，深知农民苦难最深重。
中华千年农业国，武装农民犹如播火种。
正当黑云压城时，农讲所军号起冲锋。
十七省招七百生，五湖四海皆弟兄。
明亮大教室，如闻大吕伴黄钟；
宽阔大操场，如见活虎对生龙。
学文习武经百日，钢刀淬火烈焰红。
聚拢一团火，散开满天星；
星星之火播撒处，大江南北回应响枪声！
枪声响在浏阳河，秋收起义湘赣边；
枪声响在大别山，黄麻起义鄂豫皖；
枪声响在井冈山，朱毛会师星火可燎原！
烈火焚烧旧世界，热血浇开红杜鹃。
红花红旗红巷子，火种熊熊红满天！

黄金辉，笔名金辉，中国作家协会、电影家协会、电视艺术家协会会员，国家一级编剧，曾任湖北省中华诗词学会会长。发表文学艺术及理论作品近 500 万字，出版个人专著 13 种，获中国电视奖、冰心儿童图书大奖等全国奖项 8 次，屈原文艺奖等省级奖项 10 余次。

百年警钟

高晓晖

真安静啊
武昌都府堤街 20 号
中式牌坊式的门楼
分明赋予了西式建筑的神韵
拱形大门两边
一左一右
悬挂着白底红字的门牌
中共五大会址纪念馆
陈潭秋烈士纪念馆
两块门牌默默昭示
这里的故事惊心动魄
这里的故事彪炳史册
庭院幽深
7700 平米的四合院
砖木结构，学宫布局
风格中西合璧
清朗、肃穆、规整
鲜红的廊柱
在晨光中耀人眼目
庭院草坪一抹绿茵
有阳光掠过
均匀地镀亮每一片翠叶
叶片的青翠与阳光的圣洁轻轻触碰

泛起一波一波的晶莹
林荫如盖
雪松、银杏、香樟、法桐
以繁茂的枝叶和不离不弃的忠诚
拱卫着四围的小楼
绿树四合
有葱翠映衬
青瓦小楼更平添几分明艳与古朴
那只玲珑精巧的校钟
高高地悬挂在一棵老树的虬枝上
看似不经意，却是如此醒目
是啊
它做了这庭院的标记
标示这里是曾经的校园
只是
它不再迸发出校钟的声响

1915
武昌高师附小第一次敲响了校钟
此去经年，绵延不息
多少年
那些天真活泼的学童
漫过操场
在青石板铺就的廊道上奔跑、拥挤、喧闹
琅琅的读书声、校钟的当当声飞扬弥漫
校园纤尘不染，祥和而又充满生趣
岁月却并不如此静好
热血般的赤色深深浸染校园
悄无声息

风华正茂的陈潭秋
一手拉响校钟
一手点燃火炬
校钟抚慰着学子
火炬在大江南北静悄悄传递
1927
黑云压城
校门外一派腥风血雨
遍体鳞伤的中国共产党人
在校钟的当当声掩护下
找寻前行的路径
历史已定格此时此刻的情形
马克思、列宁、孙中山
他们的画像高悬会场
他们是精神领袖，也是思想信仰
中国共产党的创始人济济一堂
演说、讨论、论争
面对残酷的屠杀和背叛
拥有 57000 多名党员的中国共产党
又一次面临生死抉择
这一批探路的前驱者
苦苦求索
历史的问卷一时间找不到答案
此时此刻他们却决然敲响了警钟
纯洁党的队伍
让背叛者无所遁形
监察，监察，监察
这第一声警钟敲得坚决而有力
由此护佑了百年大党强健的肌体

武昌高师附小的校钟
早已不再鸣响
中国共产党惩贪戒腐的警钟
一百年长鸣不绝

校钟高悬
它是象征，更是无声的警示
此时无声胜有声

高晓晖，曾任湖北省作家协会党组成员、副主席。

“红街”的畅想

张建民

在浙江嘉兴，有一叶引领中国革命百年前行的扁舟，叫南湖红船，
在湖北武汉，有一条长 560 米的“红街”，叫都府堤。
南湖红船红灯高悬，辉光火红，刺破了旧中国的沉沉长夜！
都府堤“红街”上，一处处革命纪念地，犹如先烈用鲜血和生命点亮的灯火，
“红街”灯火与红船的红灯交相辉映，汇成中国革命的希望之火！
这片火红的光焰，穿过血雨腥风，掠过万水千山，
终将祖国九百六十万平方公里的山河照得通亮！

今天，蓦然回首，我看清了，
“红街”——你青石路面的每一条石缝中，
都蕴含着我们九千六多万党员、超十四亿人民永不忘怀的红色记忆！
你的每一个革命纪念地，似一个个琴键，
能弹奏出激越抒情的红色交响曲！

都府堤 41 号，那是毛泽东同志的旧居，
是他和妻子杨开慧携孩子们温馨的欢聚地。
就是在这里，毛泽东仅用 4 天时间奋笔疾书，
一篇著名的《湖南农民运动考察报告》就此诞生！

都府堤 20 号，是中国共产党创始人之一、湖北地区共产党组织负责人陈潭秋居住地，
1920 年至 1927 年间，他曾在此从事革命活动。

都府堤红巷13号，是毛泽东倡议建立的中央农民运动讲习所，
恽代英、方志敏、彭湃、夏明翰等优秀共产党人都曾在此任教，
培育出了一大批农民革命运动的优秀干部。
1927年4月，中国共产党第五次全国代表大会在此召开！
更给这条“红街”涂上了一抹浓墨重彩的辉光！
永难忘啊，会议前夕，正值蒋介石在上海发动反革命政变，黄浦江畔血雨腥风。
奉系军阀张作霖，在北方将屠刀挥向共产党员和革命群众。
在这黑云压城的危急关头，在都府堤上召开的第五次代表大会，
像刺目闪电，穿透茫茫黑夜！
又如晴天霹雳，炸响万里云天！

大会有许多个“第一”，至今听来仍觉心潮澎湃：
第一次较为系统地阐释了建立革命民主政权的原则！
第一次将民主集中制原则和党与青年团的关系写入了党章！
第一次……

在五大会议上，
首次选举产生了中纪委的前身——中央监察委员会，
10位中共五大中央监察委员会领导成员肩负使命走向台前！
她昭示了——纪律是激浊扬清的信念，是承诺，是担当！
她阐释了——纪律是紧握的拳头，是无敌的力量！
她印证了——纪律是共产党跨越时空永远不败的基因！
就在五大之后不久，许多中共党员代表不幸被捕，
他们毫无惧色，笑对屠刀，从容赴死！
践行了入党誓言中宁愿奉献生命、永不叛党的铿锵诺言！

站在武汉之巅云雾山上回望，
风雨如晦的1927年，在大革命生死存亡的紧要关头，

毛泽东、周恩来、朱德、刘少奇等革命先驱，挺起了中国共产党人的钢铁脊梁！

鲜红的党旗下，多少共产党人从血泊中重新站起来，掩埋好同志的遗体，

迎着炮火，踏着硝烟，砥砺向前！
直到南昌城头响起八一起义的第一声枪声！
直到秋收起义的火光点亮了武装斗争的阵列！
直到井冈山会师中国工农红军浴火重生！
直到十四年抗战，将凶残的日寇赶出华夏山河！
直到百万雄师过大江把蒋介石匪帮赶到孤岛！
直到毛主席中华人民共和国中央人民政府成立了的
庄严宣告在天安门城楼喊响！

啊，惊天动地一百年，楚风烈烈如狂飙。
罗霄山脉烽烟起，洪湖浪涌掀惊涛，
荆楚大地上每一块红色文化的印记，
都与祖国大地上每一盏红灯遥相呼应、同频共振，直到星火燎原！
在我党的史册上，镌刻下了不朽的功勋！

她们是掌握革命航船劈波斩浪方向的罗盘！
她们是实行征程调整转折的接力码头！
她们是观察航向的望远镜！
她们是检视自己污垢缺点的明镜！
她们是征战中敲响激励士气的鼓点！
她们是前进时吹响的冲锋号！

啊，今天，在这特殊的时刻，
我们要搭载黄鹤那一对飞天的强劲翅膀，
伴着《国际歌》那雄壮而陡峭的旋律，

沿着红船红灯和神州大地无数灯盏共同照亮的方向，
紧跟以习近平同志为核心的党中央，
向着新时代美好中国的诗与远方，
永远飞翔！飞翔！飞翔！

张建民，高级编辑，杭州文化广播电视集团总编室原主任，享受杭州市政府特殊津贴专家。

都府堤 41 号

——武汉红色地标之一

陈昌华

武昌这条都府堤大街
长不过 560 米
却走出无数革命先驱
此街的 41 号，是毛泽东
曾经住过的地方
那篇著名的《湖南农民运动考察报告》
就是在这里完稿竣笔

那面青灰色的砖墙
曾为开国领袖遮风挡雨
那条青石板的小路
留下他和战友走过的足迹
那张书案上的纸墨
凝结着他对革命的深谋远虑

那条门前的街巷
通向了他主持的农讲所
那间幽静的卧室
留存着他和骄杨的温馨亲密
那个四合院的院落
荡漾着改天换地的浩然正气

从这栋晚清民居走出
毛泽东走向更广阔的天地
筹备领导了全国农民协会
主持讨论了农民和土地问题
当选为中共五大候补中央执行委员
参加了扭转乾坤的八七会议

从 1926 年 11 月到 1927 年 8 月
毛泽东忙碌了一年四季
他和蔡和森、彭湃携手并肩
他和夏明翰、郭亮共商大计
他和毛家两兄弟一起上阵
他和农友、工友、战友们齐心协力

十个月的风风雨雨
十个月的只争朝夕
十个月后依依惜别
当年的主人再无归期
只剩下都府堤 41 号
期盼着一代伟人归去来兮

陈昌华，中国诗歌学会会员，广东省作家协会会员。著有文集《企业常春藤》，诗集《印象与烙印》《旗帜咏叹调》《深圳编年诗》《深圳坐标》。曾担任5集电视连续剧《贴廓巷56号》编剧、制片主任，18集电视连续剧《白居易》制片，电影《砚床》制片主任，并创办《宝安风》杂志等。

灯塔·旗帜

你是一座灯塔
——访中共五大会议旧址

碑林路人

你是一座堡垒
静静地矗立在闹市一隅
你是一盏航标灯
在历史的长河中
闪耀着明亮星辰般的光芒
你是中国共产党
成长的史诗中
不可忘却的一个段落
你让镰刀锤头的印记
在这里
再次辉煌

当革命的浪潮
被血雨腥风的波涛吞噬
当胜利的火花
被敌人严酷地镇压
你张开了温暖的怀抱
你用最隐蔽的港湾
保护着革命志士
走向胜利的信念
民主集中制
在这里被写进党章

中央监察委员会
在这里正式成立
党的组织体系
在这里再次明确

我苦难的祖国啊
每一次艰难地行走
都离不开
前赴后继的英雄
每一次被扑倒后
再一次倔强地站立
都离不开
给予我们温暖的
厚重的土地

武昌都府堤 20 号
你这里的每一间房屋
每一缕微弱的灯光
都曾在中国革命
最危难的时刻
用它的温情
包裹着我们
寒冷的脚步
拥抱着我们
走向春天的
明媚的希望

你是探索中国革命的道路上
不可磨灭的印记

是中国共产党
一步一步走向成熟的
又一个坚实的脚印
你不是一排普通的小楼
你也不是一座简单的院落
你是一本不朽的史册
记录着从这里走出的
英雄的名字
和他们为共和国捐躯的
英勇的样子

你的每一棵树
你的每一块砖
都见证了
从屈辱走向顽强的
每一个艰难的日子
见证了一个民族
一天天站立起来的过程
所有的辉煌
都离不开和你一样
厚重的基石
所有的丰碑
都写满了一个个
闪光的名字

今天
当我再一次走近你
当我再一次
站在时光的隧道里

穿越到战火纷飞的年代
我听见了你庄严的心跳
我看见了你勇敢的双眸
我要替所有的共产党人
深深地为你鞠躬
我要将手中的鲜花
和满眼的热泪
都敬献给你

你是一座高山
你用你的土地
支撑起一个民族的信念
你是一棵大树
你用你的沉静
让先烈们清晰地梳理
奔向前方的足迹
我用最深沉的爱
与你对话
我用庄严的军礼
向你致敬
这是我最挚爱的土地
每一寸土壤
都藏着我们
深深的敬意

碑林路人，实名李臻，中国戏剧文学学会会员，陕西省作家协会会员，大型期刊《新丝路》专栏作家。所撰文章散见于多种报刊，并常被中央人民广播电台和各地方电台播出。有作品入选中学语文课外阅读训练范本和全国教师培训写作课程国家精品课程教材。著有文集《禅花如雪》。

望海潮·谒中共五大会址

黄小遐

茫茫九派，沉沉一线，莽苍黄鹤楼前。天下滔滔，中原逐鹿，可怜无限江山。谁个恤黎元？酹江问流水，水亦无言。但见重重，乱礁迷雾阻航船。

此来都府堤边。仰黉宫旧宇，黛瓦青砖。旗帜犹红，镰锤尚亮，会场桌椅依然。血染是遗篇。九十余年事，曲折艰难。且把初心铭记，阔步向明天。

黄小遐，别号（网名）江畔寻吟，1956 年 11 月生。系中华诗词学会、武汉作家协会会员，曾为湖北省中华诗词学会理事、武汉诗词楹联学会副会长。曾获首届“中华赞”古典诗词组优秀奖、第二届军旅诗词大赛二等奖、黄鹤楼诗词大奖赛一等奖、“共享长江时代”诗词大奖赛一等奖等全国性诗联赛事奖数十项。有诗联作品被镌刻于武昌首义碑林和其他景区。出版有诗文选集《江畔寻吟》。

不朽的红楼

——致汉口中共中央旧址

何卫华

一百年回眸
人民从未遗忘
跨世纪怀想
历史写下华章

你，依然是坐西朝东的姿势
依然是精神矍铄的容光
依然是纯粹朴素的初心
依然是至诚忠勇的胸膛

像那面鲜红的党旗
你从未蜕变过颜色
像那簇燎原的星火
你从未暗淡过亮光

像那条起锚的航船
你从未更改过方向
像那对镰刀和锤头
你从未失去过刚强

还是那幢不朽的红楼
还是那幅生动的影像

让我们铭记了一个崇高的理想
铭记了一个光荣伟大的政党

还是那条用胜利冠名的街道
还是那段用生命谱写的时光
叫我们一次次重温无产阶级的信仰
一次次感慨来之不易的胜利辉煌

一座红墙赤瓦的楼房
叫人浮想联翩心驰神往
因为在历史的危急关头
在华夏最昏暗最风起云涌的 1927 年
你，成了中国革命的重要地方

共产党人以你为支点
在这里撬动了世界的东方
给中华民族带来浴火重生的希望

面对国民党的背信弃义
面对反动派的凶残屠杀
中国共产党也是在这里
号召英雄儿女们不屈不挠

掩埋好战友的尸体
擦干脸上的泪水
举起刀枪奔向战场
打响南昌起义的枪声
建立起劳苦大众自己的武装

也还是在这里
筹备召开八七会议
纠正党内右倾错误思想
指明革命斗争的方向
掀开中共丰功伟业的新篇章

何卫华，河北内丘人，1956 年生，曾为湖北省政协委员，原供职于《襄阳日报》。摄影作品曾获《大众摄影》一等奖、联合国教科文组织（亚太）富士胶片奖，有作品被收入《中国百科年鉴》《中国摄影年鉴》。

八声甘州·谒中共中央武汉旧址

宋江明

正花开时节对东风，晓阳照层楼。忆金瓯百载，沧桑流蚀，翻卷沉浮。掇拾残英未了，燃炬赋同仇。握紧红枪手，重整神州。

岁月几曾逝去，看红砖赤瓦，依旧明眸。念帘前烟雨，良史亦难收。问华年、江山无恙，是何人，洒血更抛头。悲歌罢，壮怀风骨，立尽春秋。

宋江明，中华诗词学会会员。

守　　望

焦　勇

我肃立在武汉中共中央机关旧址的厅堂，
凝视着展柜中那口色彩斑驳的皮箱。
那破旧的箱体盛满了岁月的沧桑，
那暗红的色泽诉说着它对主人的百年守望。
睹物思人，
心潮激荡，
穿越时空的隧道，
我把那年那月那人追想。

九十多年前的一个早上，
一位叫任作民的青年，
走进了汉口这栋洋房，
手里就提着这口从不离身的皮箱。
您选中了这座俄租界的普通小楼，
把它作为党中央机关办公的地方。
从此这里群英荟萃，
从此这里众星闪亮。
这座毫不起眼的小楼，
成为中国革命的重要地方。
作为中共中央机关的“管家”，
您用这口简朴的皮箱，
装进了党的文件、经费和账册，
也装进了对党的忠诚和担当。

任作民——一个后人不很熟悉的名字，
1899 年，您出生于湖南省湘阴县塾塘乡。
您是任弼时的堂兄，
您满怀救国救民的热切愿望，
1920 年，您加入社会主义青年团。
1921 年 4 月，您从上海吴淞港启航，
远赴莫斯科东方大学勤工俭学，
与您同行的还有刘少奇、任弼时、罗亦农、萧劲光……
1922 年，您光荣地加入了中国共产党，
风华正茂的您，
早早就把革命的重任担在肩上。

漫漫长夜里，
您为共产主义鞠躬尽瘁；
腥风血雨中，
您为中国革命东奔西忙。
告别了亲人，
托付了幼子，
您义无反顾地走上了中国革命的战场。
征途凶险，
剑影刀光，
您曾两次被捕，
熬过七年铁窗。
敌人那罪恶的皮鞭，
抽打着您赤裸的脊梁；
刽子手那火红的烙铁，
在您的血肉之躯上滋滋作响。
老虎凳，

灌冷水，
软硬兼施，
百般花样，
都无法撬开您的嘴巴，动摇您的信仰。
铮铮铁骨，
让狗特务也不得不敬畏仰望；
浩浩正气，
为组织和同志们筑起了安全的屏障。
非人的折磨，
摧残了您的身心，
支撑您的，
是为共产主义奋斗终身的神圣理想。
壮志未酬，
英年早逝，
四十三岁的您啊，
把忠诚奉献给了人民，奉献给了党！
领袖题写碑文，
天地山河悲怆。
清清延河水，
奔涌着您生命的绝唱；
巍巍宝塔山，
宣示着您“为党再工作二十年”的临终愿望。
千千万万像您一样的共产党人，
终于挺起了中华民族的脊梁；
前赴后继的先烈志士，
铸造了人民共和国今天的辉煌！

任作民——
真正的共产党员，我们的楷模偶像，

盼您魂兮归来，
再拎起这心爱的皮箱，
为您挚爱的祖国继续奔忙。
虽然岁月磨砺，
皮箱业已遍体损伤，
但那一针针一线线的修补，
缝进了亲人的千般感情，
倾注了亲人的万缕念想。
时光在皮箱上静静流淌，
如同亲人的手儿在抚平您当年的重创。
人们把这口与您朝夕相伴的皮箱瞻仰，
与您隔空细语声声揪心牵肠。
多盼望您能重回这曾经战斗过的地方，
再看一眼这饱经风雨的皮箱，
再看一眼新中国的明媚阳光。
回来吧，
这口有生命的皮箱啊！
会日日夜夜在这里把您守望
…………

焦勇，河南省南阳市人。中共党员，南阳市退休干部，文艺爱好者。倾情于文学创作，喜爱自由诗。

热血染红的五一

刘益善

一年一度的五月一日
阳光明媚
百花绽笑
一片火红
啊，红！红——
蔽天的红旗
悬挂的红灯
战士的徽章
少女的衣裙
漫空的气球
孩子们的红领巾

当一八八六年
芝加哥的工人
握起了反抗的拳头
涌上大街
示威游行
二十万无产者
团结起来
选在五一
向资产阶级宣布了
总罢工
改善劳动条件！

实行八小时工作制！
提高工资！
不许随便开除工人！
无产阶级的
浩大潮流
影响了美利坚
干扰了华尔街的美梦
啊，纽约女神手中的自由
此时换上了利刃
资产阶级举起了屠刀
砍向了工人
啊，工人阶级的热血
第一次把五一染红。

当恩格斯在巴黎
宣布五月一日为
国际劳动者的节日
全世界无产者啊
响应声雷动
从此，大洋彼岸
从此，地球四方
五一，劳动者欢庆
五一，剥削者惊恐
年年五一
有劳动者游行的队伍
也有资产阶级的大刀水龙

而在一九二八年中国的武汉
中国共产党早期重要领导人

向警予用自己的热血
在汉口余记里刑场
把五一的颜色染得更加艳红

那一天没有太阳
那一天阴暗无光
那一天黑暗的囚室
站起了共产党人
向警予哟
在这劳动者的节日
热血滚沸
透过小窗
望着黎明的天空
一株挺拔的松树
将劲枝伸向小窗
倔强峥嵘
敌人的折磨
损坏了向警予的身体
却使她意志更加坚定
她笑问难友
记得吧
同志们
今天是无产者的节日
让我们戴着镣铐欢庆！

带易夏氏——
啊，狱警的嚎叫
冲掉了狱中节日的气氛
难友们啊

你望我，我望你
心中无限悲痛
牢门咣当而开
匪徒们全副武装
刺刀森森
如临重阵
向警予哟
坦然站起
稳如劲松
面对匪徒
一声冷笑
她拢拢头发
扯扯衣襟
望望难友啊
眼含无限深情——
再见吧
亲爱的同志们
我先走一步了
请你们坚持到底
迎接祖国的黎明
到那时，请代我
向新生的祖国
倾泻无尽的爱情
向飘扬的国旗
献上深沉的吻！

带镣长街行
镣铐哗啦
石板路啊

印下了一个共产党员
不屈的身影
英雄赴刑场
十里长街告别
山山水水相送
江风有情
抚她的短发
龟蛇悲哀
发出声声呜咽
武汉三镇相望
悲痛透出窗棂
群众啊
从四方涌来
在街两旁围了一层层
送一送啊
亲爱的大姐
看一看啊
贴心的亲人

汉口，余记里刑场
向警予挺身而立——
我是中国共产党党员向警予
为解放工农劳动大众
革命奋斗
流血牺牲！
无产阶级团结起来
打倒帝国主义！
打倒蒋介石！

中国独立解放万岁！
苏维埃中国万岁！
中国共产党万岁！

向警予的演说
气得敌人发疯
枪托打去
她越说越大声
敌人发狂了
端起刺刀
刺她的嘴唇
捡起石子
塞在她的嘴中
解下皮带
把她的双颊绑紧
但是，真理的呼声
刺刀刺不断
石头塞不住
皮带更难捆
向警予哟
口里流着殷红的血
仍然呼唤不停
啊，带血的口号
带血的讲演
带血的呼声
响彻江城上空
飞遍山山岭岭

井冈山的赤卫队哟
听到了英雄的呼声
把大刀舞得飞快
把梭镖握得更紧
松树炮张开大口
吐出世代的仇
吐出天大的恨
向着敌阵呛哮
把敌军轰成齑粉
战斗在白色恐怖下的同志
听到了英雄的呼声
浑身力量陡增
奔忙在工厂、学校
组织更多的队伍
发动更多的群众
红领带系着火
白臂巾缠着雷
举行一次次暴动！
啊，带血的呼声
在飞扬，飞扬
穿过历史的风雨
跨过世纪的烟尘
鼓舞千万后代
踏着烈士的血迹前进

余记里刑场
罪恶的枪声响了
江城武汉

发出了痛苦的回声
罪恶的枪声响了
群众啊
泪雨倾盆
人民的好女儿
中国共产党的优秀党员
向警予英勇地倒下了
中国革命又添一道伤痕
啊，群山垂首
啊，大江无声
啊，汉水默哀
啊，江城肃静
向警予去了
去在五一的血色中

罪恶的枪声响了
风雨中
坠下矫健的鹰
罪恶的枪声响了
寒流里
折断苍劲的松
反动派哟
在它的累累罪行里
又添新的罪行
更快地向死亡接近
啊，力量在积聚
啊，地火在运行
啊，刀枪在举起

啊，仇恨在奔涌
向警予去了
去在五一的血色中

罪恶的枪声响了
革命的英雄倒下了
党啊
在呼唤女儿
战友啊
在呼唤亲人
井冈山哟
满山林涛在喧响
黄浦江哟
一江汽笛在嘶鸣
向警予啊
向大姐啊
赤卫队员在呼喊
纱厂姐妹在呼喊
一声盖过一声
向警予去了
去在五一的血色中

啊，罪恶的枪声响了
啊，革命的英雄倒下了
东方啊，溅起了一片红！
那是赤卫队员的袖章
那是闪亮梭镖上的红缨
那是游行队伍的横幅

那是胜利的满空捷报
那是插上“总统府”的红旗
那是开国大典代表们
胸前的代表证
那是烈士的鲜血啊
染红了共和国
灿烂的黎明！

刘益善，著名诗人，湖北省作家协会原副主席，湖北省报告文学学会名誉会长。

凭吊向警予烈士墓

杨　强

春日上龟山，秀木何葱茏。
中有烈士墓，掩映翠阴重。
芳魂昭日月，浩气贯霓虹。
我来一相吊，伫立想音容。
少小负高节，磊落多奇踪。
溆浦办学堂，立校开新风。
男女倡平等，宿弊一扫空。
赴法偕诸友，万里意气同。
海外建吾党，女界作先锋。
归来投革命，六载竭丹衷。
慷慨兴女权，巾帼一英雄。
惜哉早牺牲，壮志未成功。
临刑意不屈，天地感精忠。
青山一抔土，毅魄伴长松。

杨强，网名杨雪窗，中华诗词学会会员。浙江卫视《向上吧，诗词》总冠军，曾参加中华诗词学会举办的第十一届青春诗会，获第二届谭克平青年诗人奖。诗词作品发表于《人民日报》《诗刊》《中华诗词》《诗潮》等刊物。

瞻仰红色战士公墓记

刘爱平

“山不在高，有仙则名；水不在深，有龙则灵。”相较于高山峻岭，龟山则如同平地上隆起的一块硕大的岩石，不险胜，亦不瑰奇。但是，它又如同一颗镶嵌在汉阳东端的明珠，守玲珑而流光溢彩，抱灵秀而熠熠生辉；东临长江，北带汉水，南倚莲花湖，西背月湖琴台，且与武昌黄鹤楼夹江对望。得天独厚的地形地貌，虽没有让诗人留下太多的名篇佳构，却也让兵家留下了一串串历史的足迹，楚波亭、磨刀石、鲁肃墓、关王庙……然而，我想说，龟山之名，龟山之灵，更在于矗立于龟山之巅的一座红色战士公墓。

不是妄生穿凿，一名导游告诉我，每年到此览胜的游客多达十余万人。思接千年，凭吊古迹是游人的初衷，而红色战士公墓则几乎又是每个游人的首选之地，尤其是每逢佳节，专程而来的祭奠者更是络绎不绝。有的人每年必来，有的人逢节必往，红色战士公墓已成为他们心中永恒的圣洁之地。

而我，也是这无数祭奠者中的一员。早春二月的一天，从西麓拾级而上，我又一次登上了龟山。记不清这是我第几次来此凭吊，但每一次我的心境都是一样的诚惶诚恐，因为每一次的瞻仰，都仿佛是接受了一次灵魂的拷问和心灵的洗涤。

天上飘着细雨，山色空蒙，水气灵动，空气中游动着一股潮湿的清香。虽然春寒料峭，山体却早已被一片翠绿簇拥，芳草萋萋，林木苍苍，四周氤氲着春的气息。而红色战士公墓，则在蒙蒙的烟雨中更显得幽静和深邃。

公墓面积不大，结构与布局十分精致，由广场、墓、碑和亭组成，坐西朝东，大气庄重，四周是参天而立、四季常青的松柏，它们犹如卫士一样守候着长眠在这里的战士，更烘托出了陵园的一派肃穆。

公墓以白色梯形墓碑为主体，正面镌刻着彭真的题字，背面书写着《红色战士公墓记》。墓碑下方是长方形墓体，墓体的上方是一枚硕大鲜红的五星图案，长眠在墓体下的是一批共产党人、革命志士的忠魂。他们流血于大革命失败后的白色恐怖之中，牺牲于反动派残酷暴虐的屠刀之下。

那是一个至黑至暗的年代！烈士牺牲后，许多尸体被弃于刑场，无人收殓，也不被允许收殓，其形惨烈，其状令人目不忍睹！一个叫陈春和的共产党员不畏生死，带领几位工人，一次复一次地划船过江，趁夜色潜入汉口济生善堂广坪、余记里空坪和武昌文昌门外的刑场，将被害烈士的遗骸一具一具地运至汉阳，秘密安葬在龟山西麓。而共产党员陈春和最后也被敌人杀害。他为英烈们寻找到了一块栖息之地，最后也用鲜血与忠诚将自己安放进了英烈的名单之中……

伫立于墓记前，我默然而读。这些早已熟悉了的文字和熟悉了的故事，依然撞击着我的心灵。那一刻，我仿佛感受到了白色恐怖里革命英烈的血色芬芳，听到了刑场上红色战士慷慨悲歌的呼啸声浪，以及陈春和的小船边迸发出的悠长、清澈、坚定的阵阵桨声……

这时，陵园里又成群结队走来了一批凭吊者。她们是一群中年妇女，脸色凝重，步履缓慢，集体三鞠躬后，便成团状地围住了公墓。于是，惊奇的一幕出现了：她们紧闭双眼，静默不语，每人伸出一只手，久久地抚摸着被细雨浸湿了的墓体……

毫无疑问，这是一种特别的祭奠仪式。可是她们想借此表达什么呢？我突然想起了一句诗："有的人活着，他已经死了；有的人死了，他还活着。"我想，她们除了要表达缅怀和崇敬，更多的是想用自己的手感知一次英烈的体温。因为他们是不会死去的，他们依然活着，触摸，会感受到战士的温度；静默，会聆听到英烈的心跳，以及他们生生不息、奔腾呼啸着的一腔热血……

我不想惊扰这批虔诚的凭吊者，转过身，顺着陵园左边的台阶往下走去，仅百步之遥，我又来到了另一座烈士墓前。其实，它也是红色战士公墓的一部分，长眠于这里的依然是大革命失败后倒在敌人屠刀下的一位英烈，也是陈春和与他的工友们迎着血雨腥风安放在这儿的一缕忠魂！

她叫向警予，一个家喻户晓的名字，一个曾经让刽子手胆战心惊的女性，一个为中国革命流尽最后一滴血的共产党人！

墓地前后分三台，各置短垣，重叠明粹，别致而气势恢宏。墓呈圆形，白色，基环方围，深红色，洁净的墓体上镶嵌着一枚金色的党徽。墓的正面是邓小平书写的“向警予烈士墓”六个大字。墓的前面，厚实的方座上是一尊英烈的全身坐像。坐像由洁白的大理石雕镂而成，栩栩如生，眼神坚毅，遥视远方，正义浩荡。

面对这庄重肃穆的陵园，我感佩于设计者的精心制作，更感动于英烈们惊天地、泣鬼神的壮举！

据资料记载，1928 年 3 月，因叛徒出卖，向警予在汉口法租界被捕。在监狱里，敌人用高官厚禄诱降，她只留下一声冷笑；在行刑室里，敌人再用酷刑逼降，她留下一句名言：来吧，革命者不会在你们的屠刀下求生！疯狂的刽子手无计可施，终于向她举起了罪恶的屠刀。那天凌晨，天降大雨，向警予被押赴刑场。敌人企图用黎明前的黑暗和滂沱大雨掩饰他们的残暴和伪善，但是，他们做不到，因为真正的战士必定会战斗到生命的最后一刻。向警予把刑场当战场，面对沿途的群众，做了她人生中最后一次演讲：“我是中国共产党党员向警予，为解放工农劳动大众，革命奋斗，流血牺牲！”何等的豪迈，何等的慷慨激昂！对手害怕了，开始是疯狂地殴打她，继而将一把把碎沙和石头塞进她的嘴里，又用皮带紧紧地勒住她的嘴巴和面颊……

血，从她的嘴角汩汩而下；泪，从沿途送行人群的眼里嘀嗒而落……

那一年，她 33 岁；那一天，是 5 月 1 日。她的生命永远地定格在了她为之奋斗的劳动者的劳动节里！

有诗人说，人生有两次死亡，一次是心脏的停止跳动，身体的焚烧寂灭；一次是他被最后一个人忘却之时。我相信，一个有着坚定信仰并为之抛头颅、洒热血的人必定是永恒的，因为他永远不会被人忘却。

但是，凝望着英烈英姿飒爽的塑像，我心里还是忍不住一片痛楚。

塑像下，整齐地叠放着一束一束的鲜花。它们默然无语，却寄托着凭吊者的哀思。无意间，我看见一束鲜花在风雨的吹打下微微有些倾斜，正准备扶起，突然背后传来了一声童音："叔叔，我来!"我回过头，看见两个戴着红领巾的少年走过来了，他们蹲下，用稚嫩的小手轻轻地开始摆放鲜花。之后，他们面对雕像，举起右手，献上了一个标准而庄重的少先队队礼。

"叔叔，我来!"声音轻如烟雨，却让人感受到春潮涌动。

这一刻，我突然记起了萧伯纳的一句名言："人生不是一支短短的蜡烛，而是一支由我们拿着的火炬。我们一定要把它燃烧得十分光明灿烂，然后交给我们的下一代。"从两个少年的身上，我似乎看到了战士精神的延续和英烈血脉的传承。这多少给了我这个心中怅然的凭吊者一份慰藉。

两个小时后，我正准备离开公墓，忽然间，雨停了，春阳高照，霓云四合，空气里顿时充盈着一派清新和暖意。我站在龟山之巅凭栏远眺，"树色参差绿，湖光潋滟明"，这片曾经被热血染红的土地，此刻处处都充满了生机、繁荣和安定。我想，这不正是英烈们当年所憧憬并为之奋斗的一切吗?

告慰英烈，这应当是后来人献上的最好的礼物!

刘爱平，湖北监利人，中共党员。1981 年毕业于湖北航运学校，1991 年毕业于湖北大学。历任湖北省航运公司干事，武汉市《幸福》杂志编辑，《幸福》杂志社社长、总编辑。1989 年开始文学创作，2009 年加入中国作家协会。现任武汉市作家协会副主席。著有长篇小说《青春十字架》《罪女》《大汉口》《繁华城》，长篇纪实文学《中国：都市的困惑》《热土英才》《中国的假洋鬼子》《职业不是太阳》等，中篇小说《远镇》《闪电》等，电视剧剧本《情债》《危险年龄》《四个嫌疑犯的自白》。长篇纪实文学《热土英才》获全国第四届青年优秀读物二等奖。

敬仰红色烈士公墓

云飞扬

当年
烈士们都很年轻
奔走在腥风血雨的武汉街头
为了一个无悔的选择
将热血与青春铭刻进岁月
任历史的风云
无言诉说

今天
勇士们列阵龟山
向警予、马骏三、赵世当
陈其科、何羽道等革命英烈
在滔滔大江和奔驰的铁龙间
尽享世人仰慕
时光浸染的风流
在蓝天白云的目光里传承
华夏之梦
铸剑春秋

捡一朵往昔的云彩
掬一抔值得仰望的皇天后土
暗夜中的枪声
早已划破晨曦，迎来黎明

一汪汪青荷，亭亭玉立
一棵棵青松，苍翠隽秀
丰茂的荆楚大地
写下建党百年豪迈凯歌

长江边上
黄鹤楼在呐喊
汉阳造在咆哮
红色烈士公墓的英灵
变幻为九千多万继承人的拳头
砸碎旧社会的桎梏
簇拥新时代的光明
锁链，锁不住属于中国共产党人的骄傲
前进的步伐
走进全面建成小康社会的新征程
镰刀锤头的誓言
使命在肩，不忘初心
开辟中国特色的复兴之路

红色烈士墓

方　苑

山河为碑，历史作证
无数先烈用生命和鲜血
书写座座历史丰碑
从汉阳龟山的大江一头
绘就一幅碧波万顷
记得住乡愁的生态民生画卷
红色基因，绿色发展
武昌起义首义门向封建帝制打响第一枪
武昌农讲所学堂将革命雨露播洒
江汉关大钟在百年风雨中崛起
硬生生将汉口、汉阳、武昌
联结成一座英雄的城市
赋予这座城最具内涵和魅力的独特风景

一座座丰碑
是这座城的年轮文脉和记忆
一栋栋百年建筑
是这座城的根
蕴含着荆楚大地厚重历史的芬芳
武汉百年激荡的红色篇章
这座座丰碑是无可替代的见证

我用手掌抚摸你温暖的名字

——在武汉红色烈士陵园

逯春生

樱花绚烂的时节
松针闪亮着绿色的油彩
细雨绵绵
从一枚枚针尖滴落
晶莹的泪水浇灌着鲜花满溢的大地
又是一年青草新生
又是一季行色匆匆
清明
仰望这一座座高耸的丰碑
我用手掌抚摸你温暖的名字

啊!
这红色的名字历经风雨
作为妻子和母亲
我注定会在岁月中老去
而你
依然以年轻的面容向着世界微笑
注视这安静的人间
留恋这幸福的江水
我不知道
你是否还记得自己

往事融入了这绵绵红色的土地
又生长于每一棵大树
每一次遇见你
为什么都会禁不住泪落如雨
你说
我要用我的死，换来更多人的觉醒
你说
我要用我的血，喂养这广袤的大地
你说
我的离去，一定会让这赤色的旗帜更红
一代人的死
换来了无数人、一个民族的新生
江水滔滔，雪浪拍岸
你以武汉钟楼的隔空大吕
回答了这样坚定的课题
共产党人放眼东方的未来
唯独忘却了自己

路过的人啊
请你在繁忙和欢愉之后
为他们停留片刻
听！江风徐徐吹来
看！鸟儿飞过林间
闻一闻这泥土、朝雾幸福的味道
太阳在春天多么温暖
温暖着我们疲惫的内心和他们永恒的名字
请让我为你献上一朵故园之花吧
这花瓣上都写满了你的名字
芬芳如昨，洁白如玉

请让我用泪水为你清洗一次岁月的风尘吧
我以坚定的脚步和高擎的手臂
呼唤你伟岸的名字
就像在静朗的晴空下
在午夜的街头里
在最危险最忙碌的时刻
在人民最需要的一瞬间
呼喊我自己
为了心头荡漾的理想
这声音让我插上了美丽的翅膀
爱你的每一个春天
敬你的每一个冬季
我都会用虔诚的目光和茁壮的手掌
抚摸你，年轻、英俊、可爱
温暖人间的名字

逯春生，黑龙江绥棱人，1966 年出生，供职于绥化市公安局。第二届鲁迅文学院公安作家研修班学员，鲁迅文学院第三十三期高研班学员。全国公安首批签约作家，中国诗歌学会会员，中国散文学会会员，中华诗词学会会员，全国公安文联会员，黑龙江省作家协会会员。在《文艺报》《诗刊》《诗歌月刊》《诗选刊》《啄木鸟》《法制日报》《人民公安报》等报刊上发表文学作品多篇，出版《逯春生诗选》等诗文集四部。2018 年获中国公安诗歌贡献奖，2020 年获海燕诗歌奖。

凝视八七会议

雷喜梅

让我们用深邃的目光凝视
公元 1927 年 8 月 7 日，
凝视这一天在汉口三教街 41 号发生的
一个紧系中国和中国
共产党前途与命运的紧急会议。

紧急！燃眉之急啊！
从“四一二”到“七一五”，反动派的屠刀
砍向国民革命的红色因子。

紧急！十万火急啊！
生存还是毁灭，考验着像初升
朝阳般的信仰和主义。
“中国往何处去？”
“中国革命往何处去？”
年轻的中国共产党亟须回答
这个问题，并率领她的先进
团队在跌倒的征途上重新站起。

让我们用崇敬的目光凝视
公元 1927 年 8 月 7 日，
凝视红色革命的中坚们在白色
恐怖的时期，准确把握

时代大势，擎起共产国际描绘的
镰刀和铁锤的旗帜。

这一天，在汉口一间普通的居室
党代表们心潮澎湃，大声疾呼：
革命的政党必须竖起武装的旗帜，
政党的革命必须依靠劳苦的阶级。

这一天，在汉口一间普通的居室
爆发出光明与黑暗交战的惊雷。
革命家们纷纷挥动刚毅的手臂，
宣扬那个时代救国救民的主题和真理：
点燃中共五大制定的土地革命
决议的火线吧，
以星星之火成燎原之势燃烧灾难深重的大地；
须知政权是由枪杆子中取得的啊，
以农民的起义、工人的起义
形成波澜壮阔的革命声势。

让我们用瞻仰的目光凝视
公元 1927 年 8 月 7 日，
凝视这一天、这次会议在中国革命
轨道上标定的位置
以及无数流血牺牲洗礼的精神丰碑。

从那时起，共产党人和他们的队伍
擦干血迹，前赴后继，
与黑恶势力展开英勇顽强的搏击。
秋收起义，广州起义，黄麻起义……

100多次武装起义
与八一南昌起义一起，铸就了建立
红色政权的稳固基石。

许多年后，红色政权的缔造者
擦亮时光指针的记忆，
在共产党人的精神家园里垒起一座
高耸入云的丰碑。丰碑上镌刻着14位
烈士的英名和他们的事迹。
“花落知春残，一任风和雨。
信是明年春再来，应有香如故。”
“让我们的子孙后代享受前人
披荆斩棘的幸福吧！”
烈士鲜血染红的诗句
高悬在东方的天幕，
照耀着暗夜通向黎明的道路！

雷喜梅，武汉市文化局原副局长、著名诗人。

八七会议

欧 震

那一天的汉口黑云压城
天气潮湿闷热
在临街的公寓里，瞿秋白若有所思地看着窗外
而这个时候，走在这条街上的毛泽东
正抬头看着天空，他预感到
即将而来的
是撕破苍穹的电闪
是振聋发聩的雷鸣
是冲刷大地的滂沱大雨

这是一幢坐落在汉口的西式建筑
在 1920 年由英国人建造
它距离奔腾的长江不足千米
但它却屹立在
那个风起云涌时代的滚滚洪流之中
长江知道，历史知道——
1927 年 8 月 7 日
这里，是席卷中国大地风暴的中心

八七会议，这是党的历史上重要的转折点
纠正了以陈独秀为代表的右倾机会主义错误
它就像中国革命的方向盘
被紧紧攥在二十几位年轻的共产党人手中
成功转上土地革命和武装斗争的正确道路

28 岁的瞿秋白代表中共中央作报告
强调党“要以我们的军队来发展土地革命”
说到这里，他儒雅的气质中添几分刚毅
34 岁的毛泽东气宇轩昂
他的湘潭口音斩钉截铁——
“须知政权是由枪杆子中取得的！”

那一年，我们的党刚刚 6 岁
就在那个风雨之后的夏天
6 岁的中国共产党
用信念的红和蓬勃的绿
描画出那个时代的波澜壮阔

那个年代的中国黑夜如此漫长
站在今天
我们还能听见
那遍野沉重的喘息
但我们更能听到
这一天这幢公寓里
二十几位共产党人的铿锵发言
以及在此之后惊天动地的呐喊

八七会议后的 9 月 9 日
中国共产党发动了秋收武装起义
他们以枪杆作笔
在中国的土地上写下了一首革命的诗篇
在中共党史上
写下了一段红色的传奇

声　音

晓　吾

汉口长春街57号，
安静，低调。
一根爬山虎，穿越80年的风云变幻，
拾墙而上，翠绿，浓密，生机盎然。

1937年，风雨飘摇，山河破碎，
一群共产党人聚集在这里，举旗呐喊！

这幢小楼里，
最浪漫、最响亮的声音是郭沫若的。
在中山公园、体育场、黄鹤楼，
在世界电影院、光明大戏院、上海大戏院，
郭沫若的演讲，慷慨激昂，穿云破雾。

这幢小楼里，
最坚定、最鲜明的声音是周恩来的。
他组织和领导抗日救亡团体，
开展广泛的抗日救亡运动。
他成立中华全国文艺界抗敌协会，
以文艺为武器动员人民，打击敌人。
他创办印刷厂，印刷书籍、报刊，
号召人民坚持长期抗战，取得最后胜利。

这幢小楼里，
最和蔼、最慈祥的声音是邓颖超的。
抗日孩子剧团刚刚撤退到武汉，
就听到了一个温暖的声音：
我叫邓颖超，大家好！
孩子们围住了这个声音，
欣喜而亲热地叫她邓妈妈。

此后，这幢小楼里，
多了一群稚嫩而充满活力的声音。
孩子们在汉口青年会举行公演，
到工厂、学校、保育院演出，
《帮助咱们的游击队》《街头》等剧目，
受到热烈欢迎！

这幢小楼里，
最朴素的声音还是罗炳辉将军的。
他在任何场合，都穿着八路军的衣服，
甚至还穿着粗布做的草鞋。
受到国民党军官的嘲笑后，他说：
我为人民，问心无愧！

当然，小楼里最有力的声音，
还是《新华日报》的。
在中华民族最危急的时刻，
《新华日报》是指路明灯，是燃烧的烈焰。
许多进步青年在它的感召下，
参加八路军，奔赴延安。

汉口长春街 57 号，
爬山虎的浓荫安抚着那些带血的声音，
几十年如一日地安眠。
只在某些特殊的日子，
那些声音会突然苏醒，破空而来。
复苏你的记忆，震荡你的耳膜，
感受那些不能被遗忘的，激情燃烧的岁月！

晓吾，襄阳籍诗人、词作者，湖北省作家协会会员、湖北省朗诵艺术家协会诗歌音乐专委会主任、襄阳市音乐家协会理事、襄阳市摄影家协会会员。著有诗集《跟我去流浪》《把我的背包送给你》《等一场温暖的暴雨》，诗歌摄影集《湾上有炊烟》。多年来致力于诗歌音乐艺术的研究和创作，代表作品有《侠客襄阳》《春眠不觉晓》《湾上有炊烟》《一诺一生》等。

八七会议旧址
——武汉红色地理坐标之五

陈昌华

来不及擦干“四一二”
大屠杀的血迹
来不及掩埋“七一五”
遇难者的遗体
二十余名九死一生的中共代表
走进了汉口鄱阳街 139 号
走进了中共党史永不磨灭的记忆

八月的武汉，炙烤着
令人窒息的空气
室内闷热得像蒸笼
门窗却都紧紧关闭
在这座普通的西式公寓的一个单元
中共中央举行了十万火急的八七会议

瞿秋白来了，正是中共
生死存亡的危急关头
他挺身而出，主持了会议
通过了《告全党党员书》和农民斗争、
职工运动、党的组织三个决议案
力挽狂澜于灭顶之灾的绝境之地
南湖红船的又一次急流险滩

就这样闯了过去

毛泽东来了，面对
革命被扼杀的腥风血雨
他针锋相对，大声疾呼
蒋介石是凭枪杆子起家的
政权是从枪杆子中取得的
以牙还牙，血债血偿
打天下必须自己拿起武器

邓小平来了，作为
八七会议唯一的会务工作人员
他亲自记录全程参与
在会场待了六天六夜
等会议代表全部离开
他才最后一批撤离

会期虽只有短短一天
却为革命立下了丰功伟绩
总结了大革命失败的教训
纠正了陈独秀的右倾机会主义错误
改组了中央领导机构
举起了土地革命、武装斗争的大旗

仅仅一个多月之后的9月9日
毛泽东就领导发动了秋收起义
他用亲自指挥的枪杆子
实践了八七会议的战略部署
打出了井冈山第一个根据地

如今，八七会议的旧址
早已成为传统教育的红色圣地
老一辈播下的革命种子
早已开花结果在华夏大地
这座历经百年风雨的古老建筑
见证了中国革命一次伟大的转折
铭刻着中共党史一段不朽的传奇

金缕曲·八七会议旧址

王崇庆

梦绕鄱阳路！忆当年、风云突变，蒋汪刀举。共产党员遭杀戮，处处腥风血雨。挫折大、危机怎度？党挽狂澜方向指，似春雷震响熊熊炬。光万丈，破迷雾。

武装起义红旗树！遍神州、燎原烈焰，直冲天宇。建立政权分土地，广大农村割据。终扫尽、凶残狼虎。喜看楼前金匾亮，更传承教育丹心铸。磨砚墨，颂歌赋。

王崇庆，字汉清，网名听涛悟石，湖北监利人，武汉大学毕业。中华诗词学会会员，曾任《湖北诗词》常务副主编兼编辑部主任、《荆州诗联》主编，后为荆州市文联第五届委员、荆州市诗联学会副会长、监利市诗联学会名誉会长。曾获第五届“华夏杯”诗词大赛一等奖、“汉昙杯”黄鹤楼古体诗词大赛第一名、“白云深处，靖安人家”全国诗词大赛一等奖、第二届中国荆州“屈原杯”诗词大会一等奖等。

八七会议会址

方 苑

如果没有 1927 年那场紧急会议
矗立在眼前的也不过是 20 年代
列强在武汉租界修造的
一栋普通商住联排公寓
如果没有那些年轻人
爆发出的经天伟力
这栋沉默在汉口鄱阳街
寸土寸金的百年建筑
也许早在岁月的长河中
干涸成一堆不为人知的粉尘
枪杆子里出政权的石破天惊
注定这排房子要承载起
无可替代的宏大历史事件
一段段可歌可泣
有关生与死的红色故事
开启了中国革命历史性转变
为这栋建筑注入新的灵魂

江山留胜迹，后辈复登临
驻入红色记忆的八七会议旧址
像百年老酒，一经开启
就触碰一代代人心灵深处的红色情怀

传承着中国革命史的红色圣地
成为预报改革开放绚丽的红梅赞歌
见证这座城波澜壮阔的百年奋斗历程

江 汉 关

方 苑

在许多国家是一个总统一个想法
而在中国的一面旗帜
就能见证党的千秋伟业和百年风华
一面高高飘扬的旗帜
就能让不尽的生命
创造出史诗般的无穷奇迹
这就注定了江汉关
无可抹杀，不可忽视的历史地位
因为武汉的第一面红旗
正是在这里冉冉升起
迎着 1949 年 5 月清晨的曙光
那些镰刀锤头割断砸碎封建体制
在新生的江城迎风招展
新武汉历史的第一笔从此开始
为人民服务的号角吹响
改革开放的目标点燃
一道庄严神圣的亮丽风景线
延续举国人民百年共同绘制
当今举世瞩目的宏伟蓝图

转折，在危急关头

王洪岩

老式的木质地板咯吱作响
深色的百叶窗依旧紧闭
斑驳的桌椅错落安放
仿佛一切还是 94 年前的样子
时光像穿城而过的江水一样汹涌而去
时空却像留声机一样将思绪带回那个年代

透过长江的波涛
我们再一次重温历史的回声
那是什么样的年代啊
古老的民族在黑暗中苦苦抗争
破碎的山河笼罩着白色的阴影
就在这样的危急关头
一缕曙光点燃八月的江城
燃起曙光的人们来自四面八方
无论装扮成商人，抑或乔装为农民
心里都怀着同样的火种
无论是啃干面包，还是喝白开水
只为点燃心中火红的梦
虽然只有一天，哪怕险境重重
但真理的光芒依旧在危机中诞生
照亮了前行的路，照向了新的黎明

轻轻抚摸那些三屉桌、方凳、长条椅
仿佛还能摸到那年八月的温度
还能听到那些激烈的讨论，反思，和总结声
还能感受到遭遇低潮时的又一次伟大觉醒
七次发言抛出了——
“枪杆子里面出政权”的论断，至今掷地有声
那一刻，浪涛拍岸，江水欢腾
那一刻，暗流涌动，再启征程
火热的信仰和火红的旗帜
从望志路到南湖的游船
从南昌城到江汉关
从星星之火到万山红遍
从胜利走向胜利，从成功走向成功

滚滚长江翻腾着历史的风云
百年建筑见证了伟大的转折
英雄的城市孕育出英雄的人民
重生的武汉又迎来了花开正浓
只要我们牢记历史与使命
无悔忠诚于这血脉里的红
就一定能战胜所有困难挫折
就一定能在新的时代笑傲苍穹
来吧，中华儿女，姐妹弟兄
让我们与长江一起昂扬奔腾
让我们在新百年的起点上——
高歌猛进，阔步前行

王洪岩，1979年出生，河南镇平人，现在郑州市公安局政治部工作，全国公安文联作家协会会员。多年来，采编撰写新闻作品及创作诗歌等文学作品百余万字，出版诗集《醉倒在蓝色月光下》。

红色建筑，时代记忆

方　苑

流光溢彩的辉煌灯火
在鳞次栉比的高楼大厦间
编织着大武汉与时俱进的风尚
也有古老肃穆的百年建筑
巍然屹立在繁华之间
在浩荡的长江边散发着
独有的璀璨光芒
让鲜活明亮的各国面孔
对这座英雄的城市充满敬仰
一座座带着久远气息的建筑
就是一堂堂生动的党史教材
读懂了这些百年红色建筑
就懂了何谓英雄魂何为英雄城
就能解开缔造东方奇迹的密码

从京汉铁路总工会到都府堤毛泽东旧居
从中央农民运动讲习所到中共五大会议
从中共中央机关到中央军委办事处
一个个感人至深的红色传奇
一直在这些旧址里生生不息地流淌
每章党史精彩光辉的一页
都是从这些红色建筑开启
从八七会议到八路军武汉办事处

从新四军军部到新华日报社在汉旧址
从江汉关第一面党旗沐着旭日冉冉升起
给这座城烙下深深的红色印记
也赋予这座城深刻的革命意义
从迎接解放总指挥部到全国总工会
一代代中华优秀儿女九死不悔
以牺牲和奉献缔造的红色烈士墓
都响亮地回答了只有一心跟党走
才能一步步蹚出属于中国的康庄大道

岁月悠悠千百轮回
百世沧桑尽显忠魂
百年建筑再现武汉峥嵘岁月
一座百年建筑记录革命者的永生
一曲红歌谱写一段光辉的战争岁月
百年建筑与这座城的红色命运
紧紧相连又息息相关
这些建筑记录了这座城的历史担当
点燃了那些可以燎原的星星之火
见证了那些硝烟密布的岁月
挺起了这座城不朽的精神文明
永不会在推陈出新的文化景观中湮没
武汉这座城的红色记忆
承载灿烂文明传承革命历史文化
为武汉铸魂让英雄之城流芳

曙光·丰碑

保元里，见证一块石头的裂变

刘晓蓓

这是中国千千万万石头中的一块
在武汉，保元里
一块顽劣的石头，历经数十年
风雨、硝烟、战火的洗礼，如今
以百岁老人的姿态端坐在和平的阳光下

一只鸽子翻飞的翅膀搅动着往事
那些从外地奔赴武汉的领航者
把热血书写在这片神圣的土地
消失的不仅仅是时光
留下的也不全是记忆

1949 年 5 月 16 日前夜
急促的电话铃声像划破漫漫长夜的曙光
又似解放军吹响的渡江号角
它穿透石头的所有脉络，让保元里涅槃

我感受得到石头体内涌动的潮水
在夜与昼的缝隙中抗争
无数易过容的沙粒，在一个背街的里弄
散开、聚拢，聚拢、散开……

守护，是保元里 9 号党员们的职责

捍卫，是童式一等人摧不垮的防堤
党员们迎接武汉解放的战斗指挥部
仿佛大武汉新生的心脏，彰显着活力

我钦佩那些有信仰的人，他们
心中藏着烈火，脑海装满信念
“不让敌人进入大楼，誓与机器共存亡”
是他们恪守的使命，和忠贞

这真是一个不眠之夜啊！
不安分的“碳酸钙”和“二氧化硅”
裂变出玛瑙、翡翠
也涤荡去无用的浮尘……

晨曦拉开保元里眼帘的瞬间
一面特大的红旗在江汉关钟楼上飘舞
像这个城市青春的血液
武汉解放了？武汉解放了！

武汉解放了
保元里 9 号，是一块从石头体内
剥离出来的无价美玉
被武汉收藏进一个珍贵的宝盒

刘晓蓓，网名江南客，湖北老河口人。湖北省作家协会会员、老河口市作家协会主席。20 世纪 80 年代中期接触文字创作，后停笔十几年，2010 年重新拾笔。有诗 500 余首在《芳草》《诗潮》《绿风》和《中国诗歌》《中国诗人》《海外诗刊》等报刊上发表。诗歌入选《湖北作家作品选》《中国当代诗人代表作大观》《湖北诗人 100 家》《中国乡土诗选》等几十种选本，获第七、八届孟浩然文学奖。出版诗集《曲线逃离》《无色的词》等。

水调歌头·百年建筑之保元里

崔　鲲

溯史保元里，驻足每神驰。门楼犹忆，风云谍战谱传奇。斑驳红窗难掩，百载荣光永继，报国志难移。长夜烛光炯，任诡谲迷离。

挂社牌，借通讯，待良机。斡旋策反，暗布大局风雷激。坐镇联防前线，遥控江城战阵，破晓展红旗。曙色开新纪，决胜拯群黎。

崔鲲，网名风之信，70 后，教师。武汉诗词楹联学会副秘书长，楚凤诗社副社长，《九州诗词》副主编，湖北经济学院客座教授、国学诗词班导师。出版诗联集《风之信》，主编出版《诗词格律 ABC》，编著出版《诗词写作实用教程》。曾获第三届荆楚诗词聂绀弩奖、第七届华夏诗词奖一等奖。

你就是那盏灯

——致保元里九号

李道立

保元里九号，一座不熄的灯盏
英雄就是它最耀眼的光芒
阳光、月色，一年年将云朵绽放
星辰雨露里，陪伴着武汉生长

保元里九号，长江之上高于仰望
一草一木，一词一文都无须隐藏
想把人们引渡到没有痛感的地方
没有人拒绝希望，没有人拒绝天灵地光

一片从汉口照进故乡的阳光
落进了保元里九号七十年前的沧桑
一面从江汉关钟楼升起的红旗高高飘扬
在“我死国生”中还俗，与英雄共歆享

那街，那楼，还有我们的党
武汉被英雄叠加，厚重而苍茫
七十年的风雨兼程，七十年的惊涛骇浪
像千百年的滚滚长江一浪撵过一浪

那时候，保元里九号是一座豪华楼房
二百米长的保华街上，一百多年荣光

写成保元里九号的春风得意，很形象
两层、高八米，适宜暗流涌动的解放

那一年，保元里九号四个人打麻将
我只要一走进去，麻将就哗哗地响
我一离开，就听见华中经济通讯社的遐想
千里之外，感受刮目相看的人们解放思想

那一夜，保元里九号的电话一直在响
不让敌人进入大楼，誓与机器共存亡
声音远播，江边泵船的爆炸声一直在响
带着乡愁，连夜赶印号外的“武汉解放”

那一天，保元里九号在春天相望
没有声音，病毒像吞元宵一样吞食春光
武汉挺住！武汉加油！一堆汉字在闪光
那些天，乡愁是保元里九号走不出的伤

那一刻，保元里九号是一树樱花香
武汉归来，有一个词语最叫人难忘
人们写下英雄的城市，恰是你新的篇章
此时此刻，你就是那灯盏，把自己照亮

小小的保元里九号，小小的弄堂景象
一天不算长，一月不算长，百年不算长
让每一滴血和汗在这里发出应有的光芒
让每一滴泪和爱在这里一点一滴地成长

参观八路军武汉办事处旧址有感

程宝庆

雨过长街静，春深满树风。
小楼无绮色，访客系情浓。
我来君去久，君去我心空。
廊道漫徘徊，热泪数迷瞳。
墨香国老案，线补元戎衫。
军毯温亲爱，围巾抵酷寒。
五元奉，两角餐，宁教军需冻死，不能将士衣单。
山河沦半壁，日寇催铁骑。
军阀逃，汉奸跪，谁御敌?
持久非诳论，游击证精义。
夜袭阳明堡，日伏平型关。
敌后钢刀浴血，太行忠勇披肝。
千里战百团，东洋意志弯。
迷航盼星火，希望看延安。
筹军粮，买枪炮，建机关。
将军跨马沙场去，记者披尘战地还。
寒夜江城暗漆墨，孤灯独挂小桅杆。
八十年前旧址，四合院里初衷。
时光铺排命运，信念成就英雄。
且看今朝华夏，恰是庚子重逢。
何必奢谈“民主”，全球贩售病穷。
人前绅士气派，幕后鬼影重重。

抗新冠，战围堵，任尔声嘶力竭，我自淡定从容。
民心齐，党风正，梦想同。
问我制胜何据？手擎一杆旗红！

程宝庆，笔名北郊村人，1961年生，武汉人。中华诗词学会会员，曾任湖北省中华诗词学会理事、武汉诗词楹联学会常务理事、《武汉诗词》杂志执行主编。所著《汉语新韵》，由华中师范大学出版社出版发行，武汉大学、复旦大学、浙江大学等图书馆均有收藏。

中央军委办事处旧址

彭凤霞

朝北危楼百岁庚，墙泥瓦木鉴霜凌。
窗台锈迹埋深藓，思绪重回老战争。
聂帅周公开领地，江滩福巷发千营。
肩扛五角殷殷誓，智令三军赫赫名。
政变屠杀分党派，武装平乱馈民声。
八一起义源为策，百万工农大点兵。
固守威严拼胆魄，常怀信仰卫红旌。
当时将士皆忠勇，怒与侵华斗死生。
粉壁难堪非底色，云山不碍最高层。
而今寄步中和里，故事镶于老旧庭。
五十年来烟火气，斑驳更待有人听。

彭凤霞，网名心妍，中华诗词学会会员、湖北省中华诗词学会常务理事、楚凤诗社社长、樱花诗社副社长。曾获第三、四届“诗词中国”传统诗词创作大赛绝句类优秀奖和词类三等奖。

起点与摇篮

——访新华日报社旧址

陈昌华

走进汉口成忠街 53 号
追寻《新华日报》创刊的起点
步入汉口大陆里 4 号至 9 号
重访《新华日报》诞生的摇篮
一处旧址，见证了一段峥嵘的岁月
一张报纸，记录了一个历史的节点

翻开昔日的老报纸
穿过当年的烽火硝烟
国破山河在，匹夫有责
全民抗战日，同仇敌忾
在民族危亡的生死关头
每个人都在发出最后的呐喊

《新华日报》头版头条的发刊词
使命和担当浸透字里行间
报眼一幅木刻版画
一个军人在振臂呼唤
“巩固团结，抗战到底”
一支号角，响彻大江两岸

从 1938 年 1 月 11 日正式创办

到1938年10月25日
最后出版
前后只有十个月
287期报纸的分量沉甸甸
它激励着民族万众一心
它陪伴着武汉共患难

1938年6月12日，《新华日报》
最早吼出口号“保卫大武汉”
一石激起千层浪
武汉三镇，全民总动员
1700字的社论字字铿锵
震撼全国，意义非凡

一座宣传抗战的舞台
坚定了中国必胜的信念
一扇了解中共的窗口
联结着抗日民族统一战线
一面国统区公开的旗帜
飘扬在黎明的地平线

1938年10月24日那个秋夜
秋雨淅沥打湿了报馆
周恩来亲自口述社论
“告别武汉父老乡亲”
郑重宣告：我们一定要回来的
我们只是暂时离开武汉

只可惜敌寇已兵临城下

武汉出的第 287 期报纸毁于一旦
但东方不亮西方亮
重庆出的第 287 期报纸
仍然如期和读者见面

同一天报纸，两个版本
这是中外新闻史上的奇观
《新华日报》用最独特的方式
向整个世界宣告
保卫长江，保卫黄河
撼山易，撼中华民族难

八十多年前的旧址历久弥新
八十多年来的报史辉煌灿烂
“它抵得上一个方面军”
这是毛泽东当年的称赞
长江后浪推前浪，涛声依旧
温故知新话当年，薪火相传

寻访新华日报社武汉旧址

巴晓芳

百年老屋费追寻，十里长街问芳邻。
两座小楼大陆里，文保胜地刻字新。
勉将岁月消苍老，门前花草掩旧痕。
墙头裂缝藏风雨，窗插红旗破黄昏。
红旗飘荡微风里，历历往事成追忆。
八十年前一纸生，抗战烽烟鼓角起。
前线战况新闻传，社论副刊阐意义。
民族存亡唤民心，誓与日寇战到底。
大块文章小楼房，印刷编辑挤一堂。
一腔热血付铅火，百万文字百万枪。
报童携报沿街卖，民众争读寻主张。
二百八十七期报，见证当时大战场。
报馆匆忙十个月，新升隆号洒热血。
前仆后继声不消，青史长铭此一页。
我亦报人访前贤，物是人非思万千。
几处报纸糊破壁，似把新篇续旧篇。

巴晓芳，笔名萧风、晓方，网名巴山夜语，湖北日报传媒集团高级记者，中华诗词学会理事，《中华辞赋》杂志理事。曾任《湖北日报》工财部、教科文部及《楚天都市报》负责人，湖北省中华诗词学会副会长兼秘书长。有论文数十篇、散文百余篇、著作多部问世。所著《大众化报纸论析》获第九届湖北省新闻论著唯一的一等奖。主编《1977级大学生诗词选》(与张海鸥合编)、《当代田园诗词曲900首》等多部诗词选集。曾获诗词大赛奖若干。

历史不会忘记

——汉口新四军军部旧址遐想

牛均富

我无数次地经过这里
每一次
是的每一次
都会止不住地多看它几眼
这栋只有两层高的旧式小楼
灰墙红瓦爬满藤蔓
在高楼大厦的都市里
它平淡无奇
却又像突兀的峰峦
走进去
呼吸着陈年的气息
历史的风云在这里弥漫
打开所有的门窗
我们就会看到
那些永不消逝的画面

一九三七年十二月二十五日
新四军军部在这里成立
这是中国共产党
为了抗击日本帝国主义
力挽狂澜的决断
那些战斗在江西福建广东湖南

湖北河南浙江安徽的游击健儿们
齐聚在新四军的大旗下
开始了艰苦卓绝的抗战
这幢小楼
一下子被推到了世界的前方
它的背后是奔流到海的万里长江
与世界反法西斯阵线意气相连

历史不会忘记
那位北伐名将叶挺
出任了新四军第一任军长
他毅然将民族的重担压在双肩
我们可以想象
他在这幢小楼里
是怎样地运筹帷幄
又是怎样地应对时艰
他带领着这支英雄的队伍
从这里出发挺进华中
开辟了大片的敌后根据地
为抗日战争做出了巨大的贡献
整整八年
新四军歼灭了日伪军三十多万
在反法西斯的东方战场上
书写了可歌可泣的诗篇

多少年过去了
新四军的故事
还在一代代地流传
一片阳澄湖

一群郭建光
一个阿庆嫂
一出《沙家浜》
再现苦难与辉煌的岁月
让中国人的历史记忆铭刻心间

自从一九三八年一月
叶挺率部离开这里
就再也没有回来
他在豫东苏皖
他在淮北江南
他在津浦茅山
他挺立在每一个战场的制高点
想不到一九四一年的一月
在“皖南事变”中
他竟被国民党强行扣押
这一囚禁
就是五年零两个月
将军百战志不改
一首《囚歌》
唱出了他的义薄云天

我无数次地经过这里
都能看到它凤凰般的涅槃
它是凝固的建筑
更是一座纪念碑
镌刻着新四军
这支伟大军队的忠心赤胆

牛均富，著名行吟诗人、湖北省电影家协会常务副主席、湖北省朗诵艺术家协会顾问。

江汉关的钟声

谢东升

每天清晨，武汉三镇
都会从一串悠扬的钟声中苏醒
这钟声
逢刻奏乐，逢时鸣钟
千回百转，韵味无穷
这钟声
刻在几代武汉人的脑海
印在几代中国人的心中

承载钟楼的老建筑
典型的英国古典风
原本应该矗立在大不列颠的国土
可它却守在长江的口岸
整整一个世纪
让威斯敏斯特乐曲
鸣响在东方的天空
是“五口通商”的堡垒?
还是坚船利炮的象征?
巴洛克建筑的台阶上
仿佛看见先驱的匆匆步履
墙面、山花、窗楣上
依稀还有列强留下的弹孔
华丽的酮体上

赫然刻着三个大大的汉字
经典的西方建筑和遒劲的东方书法
字以楼显、楼以字名
本应是中西合璧的典范
可它却呻吟着被奴役的苦痛
坚硬的花岗岩基面
莫不是一件件唐人的瓷器
雄伟的塔斯干廊柱
压住的莫不是一个民族的身躯
一八六一年汉口海关设立
一九二四年新大楼落成
六十多年的孕育
屈辱的阵痛
催生了一个混血的生命

是的，我相信
它是有生命的
百年沧桑
它听到过万里茶道的叫卖
它看到过北伐军的攻城
它经历过武汉会战的惨烈
它遭受过倭寇的霸占与欺凌
它呼应过汉口三教街“枪杆子里面出政权”的呐喊
它见证过新四军的诞生
钟声伴着督府堤的灯光
成就了伟人不朽的诗篇
江水伴着钟声
呜咽着共产党人向死而生

长江滚滚眼前过
脚下热土风雷动
风雨里，钟声应和着长江的咆哮
雷电中，钟声记录着古国的新生
一九四九年五月十六日黎明
第一面镰刀锤头旗帜
在它的头顶升空
从此
那面鲜艳的红旗
赋予了它
赋予了这座城市
赋予了这个国度
崭新而灿烂的前程
从此
那雄壮的钟声
成为新中国建设的号角
巍然屹立的塔身
成为站起来的象征
黄鹤归来起大风
长江卧波起彩虹
武钢、武锅、武车
武船、武棉、武重
一个个“武字头”拔地而起
刚站起来的共和国
因“武”而荣

那悠扬钟声
也是改革开放的奏鸣
毗邻的汉正街

坐拥的江汉路
秀丽的江滩公园
耀眼的两岸灯光秀
光谷车谷天下知
敢为人先英雄城
钟声里步入新时代
百年名楼换新容

江汉关
一个栉风沐雨的名关
江汉关
一个承载厚重的地标
江汉关
一位见证历史的老者
江汉关
一座民族复兴的丰碑

啊！
江汉关的钟声
奏响在长江汉水
回荡在荆楚大地
伴随在中国梦的
伟大进程中

谢东升，湖北省朗诵艺术家协会会长，中宣部“学习强国”学习平台朗诵播音专家团专家，中华文化促进会主持人专业委员会副主任，中国诗歌学会朗诵演唱专业委员会委员，湖北广播电视台播音指导，武汉市全民阅读促进会副会长，中国电视主持人三十年风云人物，“金话筒”百优奖得主，湖北省第六届最美文艺志愿者。《中国朗诵艺术史话》湖北篇联合主编。

清平乐·江汉关

于建军

典雅伟壮，钟润江波唱。回首清朝贫弱让，受尽列强欺撞。

北伐租界回疆，解放前夕旗扬。武汉迈征现代，时空穿越徜徉。

百年沧桑江汉关

李培刚

一

作为海关，当初失守的并非只有口岸
作为博物馆，现在收藏的也并非只是一部“城南旧事”

二

在最软弱的土地上
堆砌最坚硬的花岗石
超越呻吟的江水，超越外滩的芦苇荡，超越一座城池的巅峰
岩浆被进一步封锁，点不燃一座火山
地心承载着多少屈辱、多少苦难
江汉关就有多沉重

三

一道深切的伤口被迫开放
殷红的血流向大海，流向大西洋
积贫积弱的祖国再也找不到多余的脉管
让四万万华夏子民的生命喷薄
军舰商船在故国山河一条枯竭的脐带
穿梭血雨腥风

四

他们用母语无法翻译的骄狂与傲慢，驱使、奴役我们
用比我们先进一百年的钢铁殴打我们
又用比我们退化五千年的野蛮与残暴，宰割我们
美丽的罂粟花绽放孱弱与死亡
南京屠城的枯骨撑起一座人间地狱
一群中华鲟浮出水面，传递中山舰沉没的腹语

五

黄鹤无踪，白云千载
江南第一名楼在对峙中樱花如雨
到历史的哪一页天空，才能喊回逝去的鹤影
用压抑太久的怒火将鹤鸣烘干
成为一粒粒子弹，射向列强的眼珠
在“汉阳造”的末端怀抱明月，厮守漫长的黑暗
而另一端，鹦鹉洲芳草如剑，正迎风招展

六

从云梦睡虎地出土的楚简，唤醒一头睡虎
从司马迁的《史记》、司马光的《资治通鉴》寻找人类文明的证据
直找到五胡八国几近灭族的近代
只看到颐和园冲天的火光，能烧的都烧了
只剩下一些石头
只剩下落后挨打的铁律，在尘封的典籍中血迹斑斑
粘连那些惊人的巧合

七

当英国的洋行以古典主义风格
设计最现代的霸凌与贪婪的时候
一粒火种在南湖的船上漂移
橹桨声声，勾勒蓝图远景
一把针对旧世界的铁锤，力重千钧
一把银镰闪烁涛浪，也闪烁麦浪

八

当一介文弱的书法家题匾江汉关的时候
绵绵江水连着愁肠，愁肠郁结着祖国的山川
远方，武当山有一贯的慈祥，更有对苍穹的傲视
天柱峰挺举着大地的脊梁
以《泰山金刚经》体法，沉腕拨镫
这一次，他把战狼之毫植入绝壁峭崖
“一柱擎天”四个字
朱砂如血，灿若星斗

九

当钟楼日复一日奏响《女王万岁》的时候
烽火狼烟里飞出《义勇军进行曲》
起来！把破碎的山河用我们的筋骨缝合
起来！把坍塌的长城用我们的血肉重新浇筑

十

从武昌、南昌城头

发射的第一枚子弹，至今还在加速呼啸
从江西瑞金启程的万里长征
至今还在逢山开路，遇水架桥
百战黄沙穿金甲，一寸山河一寸血
红色基因孕育的旗帜，像花朵怒放在每一束目光
怒放在江汉关的制高点
中华祖制的编钟，奏响的不再是舶来的靡靡之音

十一

江汉之水峰回路转，化一地翰墨波澜
歌词从东方的地平线脱颖而出
万道霞光的乐谱任由喜鹊的翅膀剪裁
白色的鸽哨将高音飙升云端
悠扬激昂的旋律响彻五洲四海
响彻皇天后土

李培刚，曾任湖北省公安文联文学协会主席。

水调歌头·江汉关

秦　风

驰目望天际，醒世放清钟。惯看波上千舸，过处满江红。栉雨苍然经岁，驳落硝烟印记，寥廓没孤篷。寂寂立如塔，高耸指云峰。

匾头字，欧派柱，地标风。海关坐镇，难检含辱伪繁秾。何幸雄鸡高唱，更得东方嘹亮，崛起论英雄。再与晴川鉴，江汉更从容。

秦凤，字桐卿，号清风，别称秦公子、凤丫头，20 世纪 70 年代出生于武昌，现就职于咸宁市发改委。湖北省中华诗词学会副秘书长、湖北野草诗社副社长兼秘书长、咸宁市诗词楹联学会副会长、楚凤诗社副秘书长、《九州诗词》副主编。秉承文字之高贵，用情行走在文字间。

江　汉　关

焦　勇

你雄峙在美丽的汉口江滩，
与黄鹤楼隔江守望，
和龟山蛇山朝夕相伴。
那深深的根基，
如同坚固的锚链，
把你的躯体与美丽的江城紧紧相连；
那欧派的钟楼，
就像耸立的灯塔，
瞭望着江面上每一只航船。
江汉关，
你位列中国四大海关，
见证了多少世事沧桑，
目睹了多少人间悲欢，
历经了多少硝烟战火，
饱览了多少时代变迁。
那久远的钟声，
传递过曾经的呜咽和心酸，
鸣奏过历史的沉重和艰难。
那欧式的建筑造型，
折射着清末民初虚弱的威严；
那冰冷的花岗岩砌石，
诉说着当年列强的无耻和横蛮。
这座独特的建筑，

曾痛苦地凝望着江面，
注视着帝国主义的利炮坚船；
这大武汉的百年地标，
曾俯瞰着脚下这座灾难深重的城市，
叹息着三镇两江上空的浓浓云烟。

今天的江汉关，
透着大气彰显庄严；
今天的报时钟声，
吟唱着欣喜流淌着甘甜。
当古老的钟楼飘扬起第一面党旗，
那炫目的颜色映红了万里江面；
当一轮红日朗照这雄伟的建筑，
扬眉吐气的中国人终于挺直了腰杆。
樱花绽放，
黄鹤翩翩，
琴台又放歌，
三镇尽开颜。
当那美丽的江鸥，
掠过壮阔的水域，
当那清脆的鸽哨，
伴着钟声回响在人们的耳畔，
长江万船竞发，
江滩春意盎然，
武汉如此辉煌，
江城阳光灿烂！
巍巍钟楼，
笑看这时代的巨变；
百年海关，

迎来了祖国美好的今天。

和平年代，
仍有急流险滩，
庚子年的江汉关，
再次见证了大武汉的凤凰涅槃。
公元 2020 年 4 月 8 日零点的钟声，
和江面的汽笛连成一片。
解封的江城，
感恩着祖国母亲的伟大和温暖，
感谢那血浓于水八方驰援，
喜庆着江城的浴火重生，
报送着荆楚儿女的吉祥平安。
历史铭记下这惊心动魄的一幕，
江汉关又挺过了一场前所未有的劫难。
今天的武汉，
正只争朝夕灾后重建，
今天的江城，
正继往开来起航扬帆。
江汉关，
你一定能见证大武汉明天的灿烂辉煌，
你一定会用悠扬的钟声，
庆贺伟大祖国走向复兴百年梦圆！

传　奇
——江汉关

骆　浩

就在此刻
日月穿越了百年的历史时空
在这里汇聚
就在此刻
那熟悉的钟声
又一次
敲醒江滩的清风明月
低沉地放歌

就在此刻
长江与汉江碰撞鸣奏
天籁之音悠远地交响
汉水玉带逶迤，长江洗涤碧波
岁月勾起漫长的回忆
一帧帧黑白的画幅在光影里闪烁冲洗
“落日心犹壮”“江汉思归客”
古老明丽的诗句依然清晰
一百年前风雨激荡的舞台
打开江汉关上演的帷幕
当年的黄鹤早已掠过白云远去
坚船利舰，叩开国土海域
江汉关

浓缩着历史的天空，镌写下岁月的流转
滔滔江水
大江翻澜，舟楫湮灭，吟哦漫漫
在这里，侧耳犹闻曾经中外风云交汇的惊雷
在这里，犹可目击往昔国内政治角逐的霹雳
听吧，那隆隆的炮火硝烟随风
那些信仰闪光的精英
那些逝去的如钢一样坚硬的意志
那些在黑夜里寻找光亮的眼睛
还有那些彷徨与呐喊，以及青春奔腾的热血
如汉江破浪，在汹涌，在撕裂，在咆哮
这声音至今訇訇，陈词铿锵，掷地有声
现在，就在此刻
是的，就在此刻
那些声音与信念又一次被唤醒
我新新可爱的中国
漫天红色闪闪的星辰
汇集成中华上空一片耀眼的银河
当我站在江汉关的楼顶凝望
凝望你远去的痕迹
凝望你
在大雾里曾经掩埋的晨曦
那一段屈辱的历史
是一块烧红的烙铁
刺烫着中华儿女
去呼号，去奋斗，去抗争
去寻找，去开辟重雾包裹的光明天地
刺烫着每一颗不愿屈服的心

行动起来，实现中华民族复兴与独立
百年的沧桑，世界变幻，斗转星移
一如往昔，你安然地站在这里
庄重典雅，彬彬有礼
那建造你骨骼血肉的每一块砖石
都储存着你尘封的故事与信息
你多少次鸟瞰汉口港的全景
进出港口的轮船渡口
运载着岁月山河，百年来细腻的时光
有人说，你是武汉的魂魄
你江汉关的钟
是武汉人才懂的声音
你是一代代人成长与生活的见证
股票、茶叶盒，还有秤……
乡愁与回忆
似乎在你这里才能找到皈依
把你写进一首诗歌吧
或者是谱成歌曲
你诉说着一个又一个传奇
当 1949 年 5 月 16 日
在东方既白的时刻
第一面红旗几经风浪
在这里冉冉升起
镰刀铁锤之光
遍耀大地
鲜艳的党旗如一抹朝霞
你突破大雾，染红苍穹
你是喷薄的太阳

太阳的光芒照彻寰宇
你是鲜艳的火种
开启黑夜里燎原的火炬
当这面红旗
在你江汉关钟楼上高高挂起
天亮了

骆浩，中国文艺评论家协会会员、全国公安文联微信公众平台主编、中国散文学会会员、陕西师范大学国学院研究员、陕西赋学艺术创作研究中心副主任。

百年交响

欧　震

序　曲

今夜，我站在时光的河岸上
仰望着满天的星斗
它们眨着眼睛仿佛一个个闪光的文字
在叙述着这个百年的故事

我站在时光的河岸
我听见风在呼啸、浪在奔腾
那是激荡在岁月里的回声
它们就像一个个音符，铿锵绽放
被谁的手指
弹奏成一曲惊天动地的交响

红　船

我是一艘船
我是闪烁在南湖碧波上的一艘船
我听见那些压低的嗓门说出的坚定誓言
我看见铁锤镰刀的图案朴素而耀眼
我见证了一个婴儿的诞生
一个新生命的呐喊仿佛雷鸣
震撼着昏睡的中国

我是一艘船
我是一艘红色的船
我是撕裂漫长黑夜的一束光
我是燃烧的火种
我相信它一定会成为明天的太阳
被大地的手臂托起
光耀在东方的天空

雨 花 台

我叫雨花台
我的乳名叫玛瑙岗
我曾经是一座多么美丽的山岗
绿树丰茂、野花点点
甚至连石头也是彩色的
可是却成了反动派屠杀共产党人的刑场

那沉重锁链的响动
那直面死亡的高呼
那寒冷彻骨的枪声
连同树枝上鸟儿的悲鸣
让我的心碎了
让苍天的心也碎了

于是苍天开始下雨
一滴一滴的雨水
轻轻地洗去死者脸上的血迹
为了让历史记住这些面孔
为了永远不会被后人遗忘

今天，每一滴雨水都像落下的花瓣
那些面孔
还在我的眼前浮现
仿佛五彩斑斓的雨花石
显现在浅浅的时光的河流

雪　山

我是堆积在长征路上的雪山
我以为我是天空下最高的山峰
我可以挡住鸟的翅膀
我可以改变河的流向
但我却无法阻断一支队伍艰难地前行

天上是厚厚的云层
路上是厚厚的积雪
一切看上去都像极了温暖的棉絮
而战士们的军装却那么的单薄
无法想象的寒冷、饥饿
无法想象有多少倒下的身影和熄灭的眼睛

然而，更无法想象的
是他们坚强的信念
跨越了人类生命的极限
深深的脚印，在我的身躯上
写下了一行惊天地泣鬼神的诗句

我终于明白
我不是天空下最高的山峰
因为我的肩上曾经站立过他们

而他们的壮志
刺破苍穹，高过云天

长　城

我是长城
但我不是用砖块砌成的
从遥远的秦朝以来
那样的长城
无论怎样的坚固
都难以阻挡入侵者的铁蹄

我是长城
我是杨靖宇胃里的棉絮
我是乌斯浑河上八女投江的誓死不屈
我是狼牙山五壮士砸枪跳崖的义无反顾
我是巍巍的太行山
我是咆哮的黄河浪
我是“天下兴亡，匹夫有责”的家国情怀
我是百折不挠、坚忍不拔的民族之魂

我是长城
我是热血点燃的烽火
我是头颅垒成的碑文
我是14年的抗争与坚守
我是3500万人壮烈的牺牲
我是永远激荡在中华民族胸口的歌——

“起来！
不愿做奴隶的人们，

把我们的血肉，
筑成我们新的长城！”

木　　桨

我是木桨
我是被握在船工手里的木桨
我能感觉到船工粗糙的掌纹
我能感觉到炽热的温度和无穷的力量

我是一柄柄紧握在船工手里的木桨
他们划动着波浪
而我就像是千帆竞发的一万只车轮
车轮滚滚驶过滚滚长江
载着百万雄师这钢铁的洪流
自北向南在中国的土地上席卷、奔腾

我是 1949 年渡江战役中的木桨
我是船工们手中没有子弹的钢枪
却能让蒋家王朝覆灭、消亡
我是木桨
我是紧握在人民手中的亿万只木桨
今天的中国就像一艘大船
她，正被人民的力量
划向梦想的彼岸

纪　念　碑

我是一座纪念碑
就像一把带刺刀的步枪

我的刀尖刺向天空
我要告诉历史——
枪杆子里面出政权！
我的枪托连接着大地
被长眠在这片土地里的英雄的灵魂
牢牢地握在手中

我看到了日出东方、霞光万道
我听到了开国大典的礼炮声声
我听到了响彻世界的庄严宣告
此时此刻，壮阔的广场
仿佛新中国的脸庞
欢呼的人群啊，多么灿烂的笑容
就像国旗上的五颗星星那样金黄

我矗立在天安门广场
我是一座纪念碑
我是一个从此站起来的民族！

军　　号

我是一只军号
我是黄铜做成的
我的颜色是志愿军军装的颜色
我被战场的硝烟熏过
我被爆炸后的尘土磨过
我被他手上的汗水润过

我还被一颗子弹击中过
这一点我很骄傲

我被他别在腰上，却无意中保护了他
他是我的号手，他带着我跨过鸭绿江
他从江南水乡来
他还不到十七岁

此刻，我和他卧倒在一起
在异国的土地，在长津湖边
卧倒在雪地之中的还有无数的战友
严寒冷酷地夺去了他们的生命
而他们冰冻的雕像
依然保持着战斗的姿势

此刻，我和他卧倒在一起
我是一只军号
我是中国军人的一块坚硬的骨头

戈　壁

我是曾经风卷狂沙的戈壁
我是曾经寸草不生的戈壁
我是曾经荒无人烟的戈壁
我是遥远的遥远，是天边的天边

我见证了无悔的青春
见证了他们顽强地扎根、生长并且怒放
我见证了那一代人挥洒的汗水
就像永不干涸的河流
浇灌出绿色的传奇、崭新的城市

我见证了那个激情的年代
远离喧嚣的寂寞、风餐露宿的艰辛、自强不息的奋斗

我见证了“两弹一星”的成功
我见证了他们的豪迈与光荣

我是戈壁
我是遥远的遥远、天边的天边
我是戈壁，我见证了
伟大的伟大、最美的最美

窗　　口

那一天，中国打开了封闭的门窗
流动的空气，让沉重的生产力自由地吐纳、轻松地呼吸
我是深圳一个居民区一个普通家庭的一扇窗口
我所在这幢楼是在春风里拔地而起的

我是上映着春天故事的窗口
现实版的童话，大片的震撼，令人目眩的速度
每一滴汗水滴落时光的瞬间都有彩虹闪烁
每一片流光溢彩的土地都有春风的脚印
我看到近处的木棉树举起一只只火把
而远处蔚蓝的大海
万千朵浪花一直开向天际

我是一扇窗口
我是聚焦了世界目光的窗口
他们从我这里看到了
翻天覆地的中国

新　时　代

我是跨越河流峡谷的桥梁

我是风驰东西南北的高铁
我是定居太空的北斗
我是瞭望宇宙的天眼
我是发达的物流、繁忙的港口
我是汗水智慧镌刻的标牌：中国创造

我是泥泞中的搀扶，不让一个人落下
我是风雨中的逆行，为无数生命护航
我是站立的界碑，我的脚下是中国
我是升高的海拔，可以平视今天的世界

我是劳动、坚守、奋斗
我是希望、梦想、荣光
我是越走越宽的道路
我是新——时——代！

尾声　永远的旗帜

这一百年就是一首气吞山河的诗篇
这一百年就是一幅波澜壮阔的画卷
这一百年里，在任何时候，在任何地方
总有一面旗帜在我们的眼前飘扬

它有热血的颜色，有烈火的温度
它有永恒的初心，有信仰的力量
这就是最美的中国之红
今天，它屹立在“两个一百年”交汇点上
就像明亮的灯塔
指引着中华民族梦想的方向

中　国　心

欧　震

祖国，你的每一个春天必须有我花开的灿烂
你的每一条河流必须有我汗水的流淌
你的每一群山峦必须有我挺直的脊梁
甚至你的每一片在风中摇动的树叶
也必须有我的青春在歌唱

你泛绿的沙丘有我的父辈种植的希望
你遥远的戈壁有无悔的选择惊艳的时光
你渐渐长高的城市有我拔节的梦想
你越来越蓝的天空有我的心像白云在自由地飞翔

你的阳光下有我的笑容
你的月色里有我的爱情
你的风景中有我弯腰的姿势、忙碌的背影
你的英雄传奇有我不可推卸的角色和爱的誓言

祖国，我必须是你今夜宁静的灯火
我必须是你明晨匆匆的人流
祖国，我必须是你桥梁上的一个紧固的螺钉
我必须是你高铁铺向未来的一截钢轨
我劳动、坚守
用粗糙的大手转动着岁月的齿轮
我奉献、创造

以智慧的大脑掀起了时代的风暴

你的每一抔泥土都会让我泪水盈眶
你的每一朵浪花都会使我血液澎湃
你的每一片白雪都会牵引我的思绪
你的每一树红棉都会点燃我的激情
祖国，我必须是你火箭的烈焰、坚韧的钻头
是你的能源
是你胸膛的石油、矿藏和黑金
祖国，我必须是你田野的麦浪、秋天的稻香
是你的收成
是你家园的温暖、幸福和甘甜

祖国，我和你风雨兼程
我知道我们前行的路上会有泥泞
但我不会叹息
因为走过去一定是柳暗花明、日丽风清
我知道我们还有贫困的角落、留守的童年
还会有意外的灾难发生
但我不会放弃
因为只有同舟共济我们才能拥有美好的明天
我知道我们面临的世界还会有不测的风云
但我决不退缩
因为维护民族尊严我有钢铁的骨骼
捍卫和平安宁我有不屈的灵魂

祖国，我在你的怀抱里出生、站立、成长
我把生命的足迹写在你的大地上
而你的名字一直镌刻在我的心里

伴随着我的追求、信念和荣耀
伴随着我的一生一世
伴随着我的每一次心跳

祖国！这就是我永远跳动的一颗中国心啊
这就是我的——
中国心！

大雪里的中国

欧　震

雪落在中国的土地上
但是，寒冷是封锁不住中国的

那傲立在群峰之中的
树根深深扎在岩石缝里的苍松
他们已经存活了百年、千年
他们已经习惯了突降的风暴、飘飞的乱云、冷酷的严寒
他们的枝干挂满了冰凌
如张开翅膀的银色羽毛
仿佛要等着明天的太阳
一起出发，一起飞翔

在冰雪覆压的原野上
是无数的匆匆行走的中国人的脚印
那一行又一行晶莹的诗句
和无数条道路一同铺展、延伸
你能从他们挥发的汗水和永不弯曲的脊梁上
感觉到他们的热血从未冷却
你能感觉到这片土地上涌动的滚滚热流
他们呼啸着、呐喊着，万马千军不可阻挡
你似乎已经听到了大地咚咚的心跳
像激越的鼓声
传向更远的地方

在寒冷的夜里，即便天黑如磐、乱雪如箭
那些长高的树木依然顽强挺立
高举着手臂拥抱着世界
每一座城市的每一条街道
每一个乡村的每一扇窗口
每一个家庭的每一个梦里
还有每一个母亲凝视孩子的目光里
都有明亮的灯火
点燃我们的憧憬
增加着幸福的温度

雪落在中国的土地上
寒冷是无法封锁中国的

你看那一盏盏迎春的灯笼在风中摇摆
他们快乐地舞动着新年的节拍
高耸的大厦就像插在生日蛋糕上的蜡烛
聆听着我们的歌声和祝福
嫦五回家，捎带的礼物是月亮上的一抔泥土
高铁穿梭，在辽阔的大地上编织酷炫的花朵
而在雪中，最抒情的还是梅的绽放
她如此令人惊艳
就像每一个中国人的笑容

是的，今天的中国
寒冷是封锁不住的
当我站在泰山之巅
蓦然回首——
哦，中国，大雪纷飞中
你就是最灿烂的一朵鲜红！

附录

望长江

（男中音演唱）

作词 谢东升
黄念清
作曲 王原平

1=E 4/4

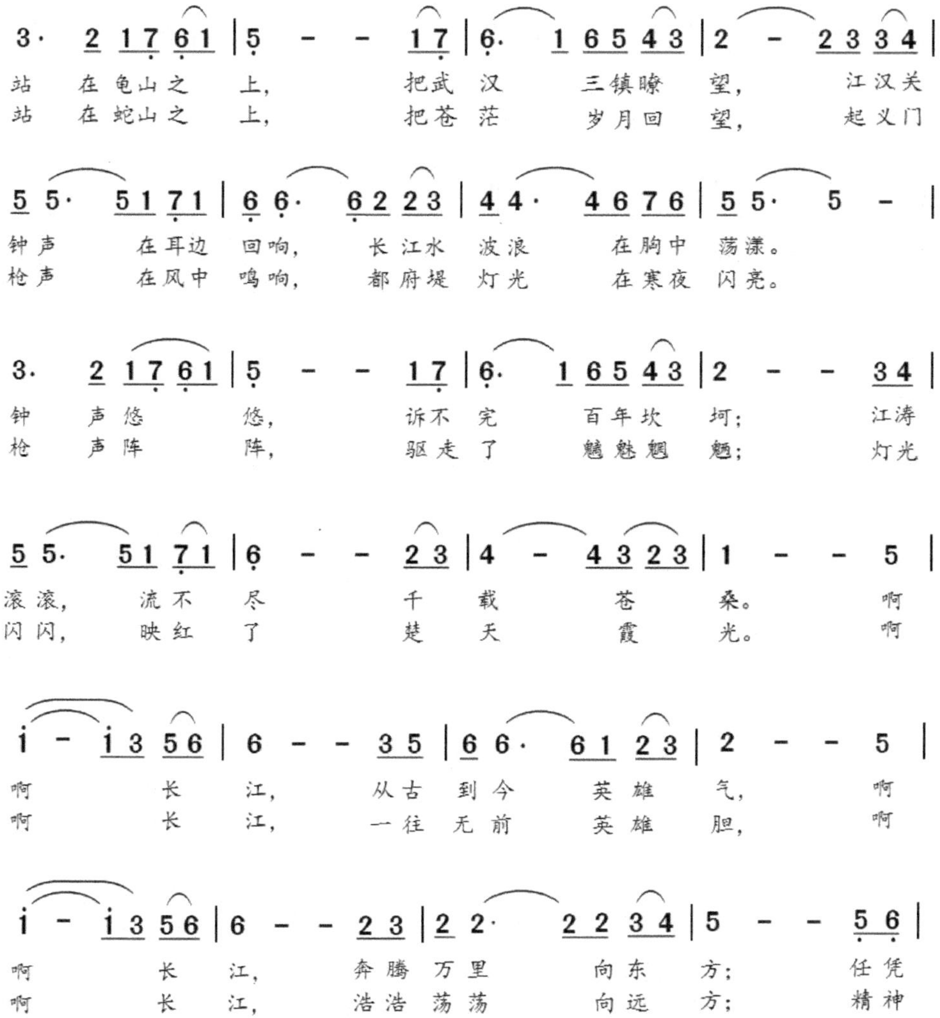

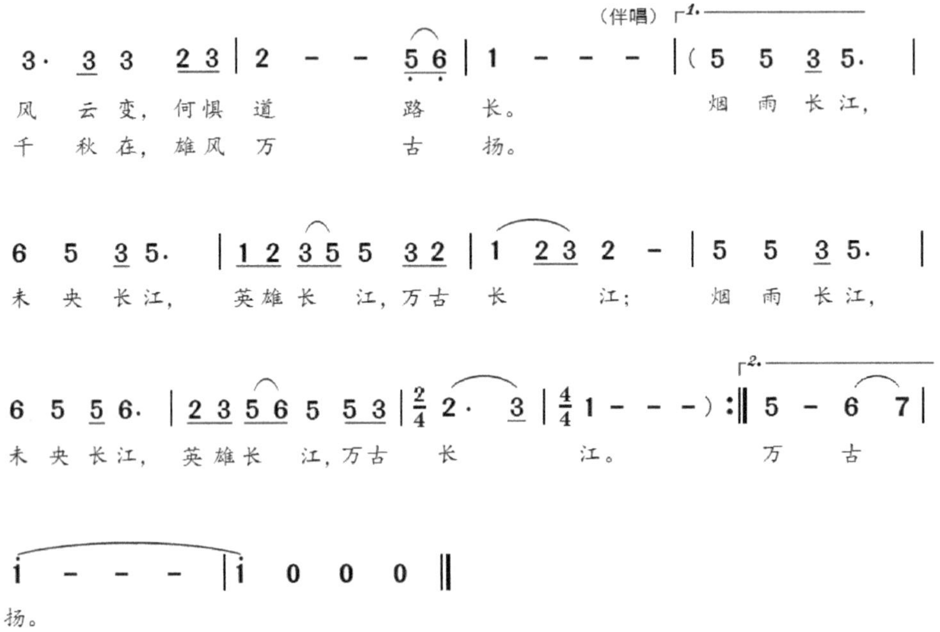
(伴唱)
风 云变，何惧道 路 长。 烟雨长江，
千 秋在，雄风万 古 扬。
未央长江， 英雄长 江，万古长 江； 烟雨长江，
未央长江，英雄长 江，万古 长 江。 万古
扬。

后记

2020年岁末，我和董宏猷、董玉梅、方三勤、樊昕、王国栋、敬迪媚、丁维镛相聚在武汉警察博物馆，讨论关于为武汉古建筑汉口里分实施“六个一”工程（一篇诗歌，一部纪录片，一幅画，一首歌，一件朗诵作品，一场展览）。汉口里分是武汉的一张颇具特色的文化名片。它们坐落在汉口江边的20世纪初五个国家的租界内。保存下来的那极具特色的老房子，是中国半殖民地的例证。它不仅承载着中华民族屈辱的历史，更是警示后人的绝好教材。于是，我们围绕这个主题，发动社会力量，以中共早期在这些建筑里发生的故事为背景进行创作，旨在以原创诗歌的形式向建党百年献礼，警示后人不忘历史，牢记使命，继承先辈精神，砥砺前行！

此次活动前期征文近六十篇，分别为全省中小学生、大学生、全体朗协会员共八千多人广泛传诵，有123个人和22个单位获奖，并于7月11日举行了“百年旧址　红色记忆——庆祝建党100周年原创诗歌朗诵音乐会”。朗诵音乐会选用的十六篇作品，凸显了庆祝建党百年华诞鲜明的湖北特色。朗诵音乐会邀请了省内外著名朗诵艺术家、表演艺术家、主持人和社会各界朗诵爱好者一百余人参加了演出，场面恢宏，影响广泛。

此次参加征文活动的有专业作家、诗人，也有机关干部、人民警察、退休工人。朗诵音乐会的主题歌《望长江》得到了著名诗人黄念清老师和著名音乐家王原平老师的大力支持，并由武汉市歌舞剧院男中音歌唱家汤浚军倾情献唱。

本诗集的结集出版，用文字的形式再次彰显中共百年的奋斗历程，阐释没有共产党就没有新中国的道理，将进一步激发全社会对中国共产党的热爱。本诗集为广大朗诵爱好者提供了很好的朗诵文本，特别适合各年龄段的朗诵爱好者收藏。

最后，真诚地感谢为本诗集的编选、出版提供大力支持的湖北省全民阅读指导委员会办公室，湖北省文学艺术界联合会，华中师范大学出版社，党史专家郑水平、陈芳国，文艺评论家高晓晖，儿童文学作家董宏猷，诗人欧震，文史专家董玉梅，武汉大学教授李敬一，地方志专家方三勤以及敬迪嵋、丁维镛、王国栋等各位老师！

谢东升

2021年7月22日于百色